双葉文庫

右京之介助太刀始末

お江戸は爽快

高橋三千綱

目次

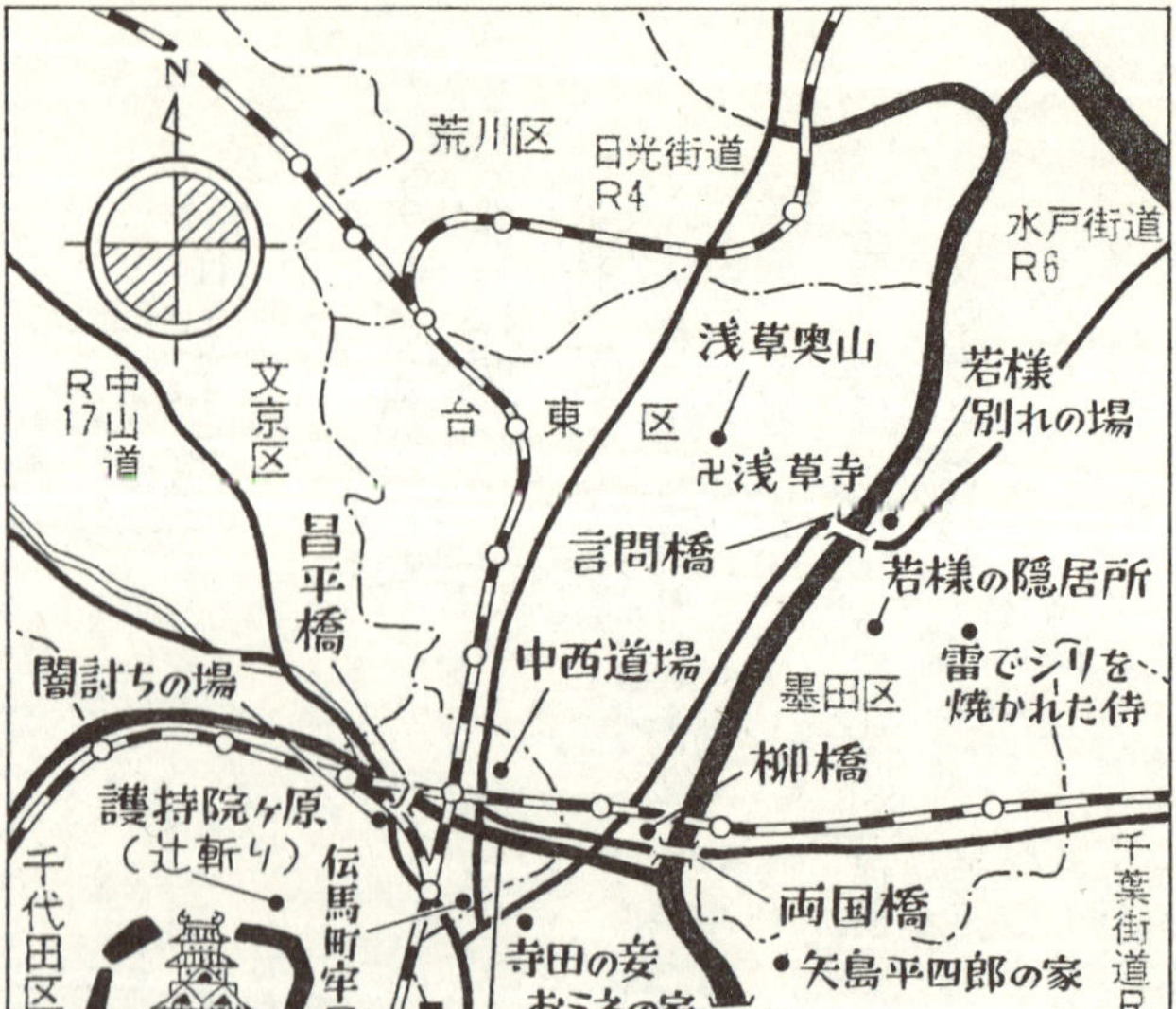
N
荒川区
日光街道
R4
水戸街道
R6
R
17
中山道
文京区
台東区
浅草奥山
若様
別れの場
卍浅草寺
言問橋
若様の隠居所
昌平橋
中西道場
雷でシリを
焼かれた侍
墨田区
闇討ちの場
柳橋
護持院ヶ原
（辻斬り）
伝馬町牢屋敷
両国橋
千葉街道
R
14
千代田区
寺田の妾
おミネの家
矢島平四郎の家
新大橋
（若様、異次元を
透視する）
神田川
隅田川
（大川）
永代橋
弥太の長屋
（深川）
二丁目界隈
（芝居小屋）
中央区
江東区
R1
R15

右京之助
助太刀始末

お江戸は爽快

若様、ご免遊ばせ

一

まったくついてねえや。どっちを向いても田舎ざむれえと文無しの爺ィ婆ァばかりだぜ。

弥太は往きかう物見客の風体を一瞥し、その懐具合を素早く見切りながら、しきりに腹の中で毒づいた。

江戸へ戻ってからこの方、こちとら毎日仏滅でえ。これじゃ、干上がっちまうぜ。

すでに昼を半刻も過ぎている。一刻半も浅草界隈を流して歩き、手にした銭は一匁足らずの屑銀一粒と波銭が四枚ばかり。岡っ引の目を避けて、息の詰まる思いをして仕事に励んだ結果がこれでは、損得勘定がさっぱり合わないと弥太はぼやき続けた。

そもそも元締から、湯治に出掛けるおカミさんとその叔母のお伴をしろと命じられたのがケチのつき初めだった。

桜の蕾が色づき、開きたくって身悶えするのを尻目に江戸を離れ、草深い甲斐の湯治場で、口やかましい女二人に下男のようにこき使われ、憔悴しきって江戸に戻ってくると桜はすでに散っていて、津軽あたりで花を咲かせていたものだった。

それでも間の抜けた花見客もいるだろう、とけなげに大川端に飛び出したものの雨にあてられあえなく退却。雨はシトシトと五日間も降り続き、裏の掏摸稼業は開店休業。

元締が妾のおチセさんにやらせている袋物屋の奉公人として、財布や紙入れを詰めた箱を担いで、雨の中を長屋から長屋へと訪問販売して歩いた。

元々は裏の稼業を誤魔化すために商人の格好をしているというのに、それで得られる涙銭をあてにして暮すことほど情けないことはない。やっとお天道さまが顔を出した今日こそは、柳橋で一杯やってしっぽり濡れるくらいのシノギをしようと張り切って出てきたが、頼みの浅草奥山を徘徊しているのは、外から見世物小屋を眺めるだけの貧乏人ばかり。雨降りで、稼ぎのなかった職人どもの家族にしてみれば、弁当を持って、観音様のお参りをするのが、精一杯の遊興というものなのだろう。

それにつけても、あの下っ端ざむらいどもの野暮ったさはどうでえ。まるで田舎の肥桶をそのまま担いで歩いているみたいだぜ。

弥太は前からやってくる三人連れの武士をあきれ顔で眺めた。どうせ参勤交代のお伴をして江戸にやってきた藩士が、非番の日に江戸見物としゃれ込んだのだろうが、竹筒に酒を入れて腰からぶら下げ、蒸した糯米を藁苞に詰め、お国言葉丸出しで歩いている様はいかにも泥臭い。

三人は女怪力の看板の出た見世物小屋を覗き込み、木戸番から一人三十八文だといわれてギャッと叫び、ほうほうの態で逃げ出した。そういう輩の懐中は、丁百銭（百文）と決っており、危険を冒して狙うだけの価値はない。

寛政の時代が終り、享和元年（一八〇一）と元号が変り、世の中はなんとなく浮かれた様子になりつつはあるが、下級藩士の懐は寒くなる一方だった。景気がいいのは札差と豪商だけで、百石二百石取りの旗本でさえ、登城のたびに雇う侍や挟箱持ちの中間への賃金にも事欠く有り様だった。

仕方ねえ。ちらし寿司でも食って、まずは腹ごしらえでもするか。

弥太はそう呟き、肩に担いだ荷箱を解こうと結び目に手をかけた。中身は空で、赤子でも持てる程軽いが、袋物屋の奉公人に化けている以上、それらしくふるまわなくてはいけない。

「あ、これ、そこの町人」

猿芝居小屋の手前にある、ちらし寿司屋の暖簾をくぐろうとすると、そう声をかけてくる者があった。顔を上げると、将棋の駒のように鰓の張った色黒の武士が、胸を突き出して弥太を見下している。

「へえ」

弥太は商人らしく腰を屈めて返事をした。

「手裏剣を使った大道芸があると聞いたが、どこだべ、であろうか」

「へ？」

つい頭の先から声を出してしまったのは、津軽か南部藩の藩士らしい武士の、訛の強い江戸弁もどきを耳にして混乱してしまったからである。

「十文払って手裏剣を的に当てれば、百文くれるべ、くれ、くれるという、見世物だべじゃ」

「ははあ、懸賞金のかけられた手裏剣投げでございますか」

「それだべ、じゃ」

「それはでございますね、その先の寄席の小屋を右に折れて、萩の餅屋の横手でやっております」

左手で人ごみの先を指差し、右肩をさり気なく武士の胸板に当てて弥太はそう説明した。腹の中の笑い袋は今にも破れそうだったが、武士の紙入れに指が触れたときは、さすがに喉がカラカラになった。

「うむ」

東北の藩の武士は口をへの字に曲げ、肩を怒らせて人の波の中に分け入って歩き去った。

弥太は笑いをこらえてちらし寿司屋の裏手に行き、松の木の陰で抜いたばかりの紙入れの中を開いた。

南鐐二朱銀が一枚と四文銭が五枚、あとは穴の開いた一文銭が四、五十枚ほどだった。

ちえっ、ごたいそうな紙入れを持ってやがって。一文銭なんか入れとくんじゃねえよ。

山吹色の小判をあてにしていた弥太は、腹の中でそう呟きながら銭を素早く懐に入れ、紙入れをその辺に捨てた。それでも思わず笑みをこぼしてしまったのは、とりあえず元締に差し出す上納金ができたことと、田舎武士のえらそうな訛言葉を思い出したからだった。

弥太は見世物小屋の並んだ通りにすました顔で戻ると、ちらし寿司屋に入って、十六文の小皿を注文した。それから荷箱の結びを解いて、ひょいと顔を上げて物見客の群れに目を向けて思わず、

鴨ちゃん、みいっけた、

と腹の中で叫んだ。店の前を、物珍し気に歩いていくのは、年の頃、二十二、三歳の若侍。芝居の舞台から抜け出てきたような間抜けぶりで、その派手な出立ちは、見世物見物にやってきた隠居どもの目を奪っていた。

弥太は床几から立ち上がるなり、奥に向かって声をかけた。

「ごめんなさい。急な用事を思い出しまして。ちらしはまた後ほど食べさせてもらいます」

袋物屋の奉公人らしく、ごつい身体に似合わぬ、なよっ、とした仕種で挨拶を

して店を飛び出すなり、弥太は人ごみを掻き分けて若侍に近づいていった。

まずはどこかの大藩の国家老の次男か三男坊。或いは千石級の旗本の冷や飯食い。養子に入る前に、ひとつ江戸見物、それには田舎侍とあなどられぬようにと、芝居で見た粋な江戸侍の衣装を真似て着てみたものなのだろう。

顔立ちは程よく整っていてなかなかの男前なのだが、口元に締りがない。銭にも不自由をせず、ぬくぬくと育てられた様子が、その顔色のよい肌にも表れている。

弥太は、女義太夫の見世物小屋の前で立ち止まっている若侍を後から追い抜き、しばらく行ってから反対側の人の流れに乗って若侍に近づいていった。見当をつけた通り、その懐は賑やかな銭で脹らんでいる。

若侍は呼び込みの口上を、口を半分開いたまま面白そうに聞いている。伴の者も連れていないのは、アホなりに、独立心を持とうとした為なのだろう。

弥太の前を、手拭いを頭から被った爺さんがヨタヨタと歩いている。その背中をちょいと突くと爺さんは枯木が倒れるように前にのめった。

その爺さんの頭が若侍の胸にぶつかった。おっと、と若侍が声をあげた。その隙に弥太の手が素早く若侍の懐中をさぐった。ずっしりと重い手ごたえに狂喜しながら、何喰わぬ顔で二人をやり過ごした。爺さんはぺこぺこと若侍にあやまっている。その間に、弥太の姿はとっくに人ごみに紛れていた。

二

首に蛇を巻いたりする蛇使いの老婆の見世物小屋を出てきたお咲は、お伴の女中の梅を振り返って舌を出してみせた。

「なんだか気持が悪くなっちゃった」

「だからいわないこっちゃありません。こんな見世物はどうせみんなまやかしなんですよ。こんなもので十六文もとるなんて、泥棒と同じですよ」

鼻の脇に小指大の黒子をつけた梅は、小鼻を脹らませて声を荒らげた。お咲は肩をすくめ、晴れ上がった空に向かってはためいている見世物小屋の幟を眺め上げた。

こんな日に、誰か素敵な殿方と会えたらいいのにな。

十六歳のお咲の胸は、目に映る空のように澄み渡っている。ただ、透き通りすぎていてお咲には物足りないのだ。お咲の父に、そろそろ縁談を持ち込んでくるおせっかい者も出てきたようで、そのこともお咲の気持をいらいらとさせている。

　あたしの旦那さまは、あたしが選ぶんだから。見つけたら、あたしの好きな人をご覧になって頂だいってお父っつぁんにいってやるんだ。

　お咲は、常日頃から胸に抱いていることを空に向かって一人折るように呟いてから、まだ仏頂面（ぶっちょうづら）をしている梅に向かって恐る恐る言葉を切り出した。

「ねえ、お梅、ろくろっ首なんて、本当にあるの？」

「お化けじゃあるまいし、そんなものあるわけないじゃないですか」

「もう少し、面白いもの見たいなあ」

「いけませんよお嬢様。こんないかがわしいところを歩いたことを旦那さまに知られただけでも大目玉を食いますよ。まして見世物小屋に入ったなんてことが知れたら、わたしは暇を出されます。さあ、お家に戻りましょう」

　梅はお咲の袖を引いた。そのとき、お咲の口から悲鳴にも似た歓声が放たれた。

「わっ、なに、あの人！」

　お咲の言葉につられて、梅をはじめ、そばを通った者たちがいっせいに後（うしろ）を向いた。お咲の視線の先に、青羽二重（はぶたえ）の着物を着た若侍がさっそうと歩いていた。

「なんじゃあれは」

「役者かのう」

「まだ若い。恐らく舞台了じゃろ」

「それなら女形の姿をするわい」

「黒羽二重ならぬ青羽二重とは、この頃の若いお武家様のなさることはよう分からんわい」

若侍を見た者たちは、口々にそういって顔をしかめ、若侍が老人たちの前を通ると、一様に口を閉ざして、そそくさと立ち去っていった。だが、お咲だけは違った。

「あの人なに？　大星力弥のつもりかしら」

「お旗本の遊び人の子弟ですよ。あんな人とかかわるととんでもないことになりますよ。さあ、参りましょう」

「面白い人。見世物よりずっといいわ。ねえ、つけてみましょうよ」

「お嬢様、なんてことを。そんなはすっぱな口をきいてはいけません。さあ、早く……」

「背が高いのねえ。頭一つ突き抜けているわ。ほら見て、みんなびっくりしてあの方を見上げているわ。あは、ほら、よそ見しているからお婆さんが座頭さんとぶつかった」

お咲は心配する梅を置いて、さっさと人の流れの中に身を入れて、若侍のあとを追いだした。お嬢様、と叫んで身体を捩って走り出そうとした梅は、下駄の鼻緒を切って転げてしまった。その拍子に、通りかかった小僧の脛で鼻柱をいやという程蹴り上げられ、目から火花が出た。土埃の道に尻餅をついた三十二歳の梅は、これで嫁入りがまた遅れたと唸ったものだった。

三

人ごみを抜け出た弥太は、見世物小屋の裏から松林を通り、火除地になっている田んぼまで走ってきてハアハアと息をついた。

懐に入れた紙入れが重く、覚えず背中が丸まってしまうのをこらえ、有頂天になるあまり大声で笑い出したくなるのを忍んでここまで来たが、もう我慢ができなくなった。

普段なら、路地から路地へと抜けて岡っ引を撒き、深川の裏長屋に戻って戦利品を仰ぐのだが、久方ぶりの大儲け、それも小判で二十枚は固い、と懐に手をあててにんまりすると、もう抑えがきかなくなった。

田んぼの端に建っている百姓の物置小屋の陰に屈み、若侍から掏ったばかりの紙入れを取り出した。

こいつあ二十両どころじゃねえ。三十両はあるぜ。

左の掌にずっしりと重い紙入れを乗せ、弥太は弾んでいるのだか震えているのだか、自分でも分からなくなった指先を紙入れの中に潜り込ませた。

三十両といえば三十石取りの八丁堀と同等でえ。やつらが一年かかって稼ぐ銭を、おらっちはたった半日で……。

な、なんだこりゃ。

弥太は手にしたものを見て怒りが一度に頭に昇った。紙入れの中に入っていたのは、鍛冶屋の土間から拾ってきたような鉄の屑ばかり、銭など一文だって入っていない。

や、やろう、やりやがったな。

何が何だか分からなくなり、商人の服装をしていることも忘れて袖口をまくって立ち上がりかけたとき、左の肩をトントンと叩かれた。

見ると刀の鞘の末端についている花模様の鐺が肩に乗っている。

「残念でした」

声のした方を見て、思わず弥太は尻餅をついた。

「げえっ」

喚き声が一拍子遅れて口をついたのは、若侍の顔を見たときの驚きが一様ではなく、息が詰まってしまったためだった。

「な、なんだてめえは！」

不様な姿をさらしてしまったという劣勢を一気に盛り返そうと、弥太は大声で吠えたてた。といっても、両手を地べたについて、膝を大きく開いた格好は変えようがなく、やはり不様なままでいる。

若侍は口元を綻ばせた。

「人の財布を盗んでおいて、なんだてめえは、はないでしょう」

「財布だあ？　べ、べらぼうめ。こちとら銭なんか盗んじゃいねえぞ。み、見やがれ。こ、これは鉄屑じゃねえか」

「しかし、盗んだときは、小判が二、三十枚、と踏んでにんまりしていたのでしょう」

図星をさされたので弥太は返答に窮して若侍を睨み上げた。その若侍は、鞘を弥太の開かれたままになっている両膝の中に浮かせ、ひょいと伸ばして股間をチョイチョイと突いた。げっ、と弥太は腹の中で唸(うな)った。

「なかなかしゃれた下帯(したおび)を締めていますね。女が目のやり場に困るでしょう」

爽(さわ)やかな顔をして、人を喰ったことをする。弥太はあわてて膝を閉じ、赤い下帯を若侍の目から隠した。それでも、見栄(みえ)を張ることを忘れなかったのは、掏摸稼業十二年の根性だった。

「あたぼうよ。お茶屋に上がってこいつをチラチラさせりゃ、女は流し目を返してコロリと……うるせえやい。このサンピンめ。とっとと失(う)せやがれ」

「その下帯は何でこしらえたものですか」

「そりゃ柳橋の芸者の腰巻を、おがみ倒してもらって縦に裂いて、そいつをつなげ……うるせえってんだよ。なんだっておれがてめえにこんなことをペラペラと喋(しゃべ)らなければならねえんだよ」

弥太はようやっと起き上がって泥のついた尻をはたいた。あとには鉄の屑がばらまかれ、紙入れが転がっている。

「チッ、とんだ道草を食ったぜ」

精一杯強がりをいって立ち去ろうとすると、今度は右肩に鐺を当てられた。

「待って下さい」

「な、なにしやがるんでえ」

大分気持が落ちついてきたのか、ドスのきいた声が出た。だが、脅(おど)しをかけたつもりの相手は存外すずし気な顔で弥太の腕に手を伸ばしてきた。

「うん、やっと食い終ったようだな」

そういって弥太の手の甲からつまんだのは一匹の黒と灰色の縞(しま)模様の蜘蛛(くも)だった。それを、懐中から取り出した桐(きり)の小箱の中に入れ、嬉しそうに微笑んだ。

立ち去ろうとした弥太は、何かひっかかるものを感じて、若侍を下から睨み上げて問い質(ただ)した。

「な、なんでえいまのは。食い終ったとはどういうこった？」

「この蜘蛛をあなたの盗んだ紙入れの中に入れておいたのです」

「けっ。妙な野郎だ。アバヨ」

「あなたの名は何というのですか」

「弥太だ。けっ、てめえに関係がないだろ」

「いくつですか」

「二十八だ」

「ほう。老けて見えますね」

「大きなお世話だ」

「女房子供はいますか」

「うるせえな。そんなものいねえよ。でえいちなんでてめえにそんなこと答えなくちゃならねえんだよ。けったくそ悪い」

それでも知らぬ内に答えていたのは、やはり鉄屑入りとはいえ、紙入れを盗んだのを見とがめられたせいだった。弱みもあったし、何だか腑に落ちないものを感じていた。

若侍は晴れやかな表情で、うん、といって弥太を見つめた。さっきまでの間延びした顔は失せて、いつの間にかはつらつとした武士の顔立ちになっている。

「それでは、弥太公が死んでも誰も悲しむ人はいませんね」

「な、なんだと」

弥太は眼尻を吊り上げた。口にした内容も聞き捨てならなかったが、どさくさで「弥太公」と呼んだことも許せなかった。

若侍は弥太の睨みを、無邪気な笑顔で包み込んだ。

「あなたの手に食らいついた蜘蛛は、斑十文字、別名八日殺しといいまして、こいつに食われると毒が少しずつ体に回り、八日後にはめでたく冥土に旅立てるというありがたい毒蜘蛛なのです」

「う、嘘でしょ」

「ま、あなたのご先祖なら地獄かな。祖父さまと一緒に釜茹での湯につかるのもおつなものです」

「お、おつじゃねえ」

弥太は口から泡をとばして若侍の襟を取った。いや、取ったと思ったが、弥太の右手は虚空を摑んでいた。

いつの間にか、若侍は弥太の右手をしげしげと眺めている。

「ははあ、そろそろ右手が痺れてきたのではないですか。斑十文字は大分念入りに嚙んでいたようですからね」

「そ、そういえば……」

弥太は顔を歪めて自分の右手に目を落とした。心の臓が錐でも刺し込まれたような痛みを持ってくる。

「あ、こ、ここんとこが、青黒くなってきやがった」

「効いてきたのです」

若侍は落ちついて弥太の手の甲を見つめている。弥太の息が苦しくなった。顔まで熱を持ってきたようだ。

「お、おめえ、もしかしたら、ハナから掏摸を殺(や)るつもりで、紙入れに毒蜘蛛を忍ばせておいたんじゃねえのか」

「殺すつもりはありません。でも、これで裏稼業の人とお近付きになれました」

若侍は屈託のない笑みを浮かべている。弥太はめまいがしてきた。

「そ、それじゃ、その青い羽二重の着物を着てピーヒャラリと歩いていたのは、おれっちをハメるためだったのか」

「ははは。まともな武士はこんな風吹烏(かぜふきがらす)みたいな服装(なり)はしないでしょう。阿呆(あほ)侍と見て寄ってくる男は巾着切り(きんちゃくき)か詐欺(さぎ)師、女であれば女郎(じょろう)であると国の者に教えられました」

そういってから、若侍は不意に頭を回した。

「さっきから後をつけてくるあの女もそうでしょう。でも、うまく化けたものだな。まったく商家の娘に見える」

若侍の視線の先に、京友禅(ゆうぜん)らしい華やかな色染めと金糸の刺繍(ししゅう)の入った着物をきた町娘が、隠れるそぶりも見せずにそろそろとこちらに近づいてくるのが見える。

　しかし、弥太は小娘を値踏みするどころではなかった。

「こ、殺すためでなかったら、な、な、なんだっておれを引っかけたんだ」

「有り体にいうと、手下が必要だったのです。なにせ、今日江戸についたばかりで、町の様子がよく分からない。その点、裏稼業の人は縦横につながりがあり、世間の事情にも精通していて便利です」

「ば、ばかやろう。そんなことのためにおれの手に毒蜘蛛を嚙ませやがったのか、この若侍め、ぶ、ぶち殺すぞ」

「言葉遣いが悪いなあ」

「う、うるせえやい。おれっちの仲間がてめえをふん縛って簀巻きにして大川にほうり込んでくれらあ」

「で、あなたは八日後に地獄で祖父さんと壺を振っているわけですね」

　とたんに弥太は袋物屋の奉公人らしく、なよっ、として若侍の袖をつかんだ。

「い、いまのは冗談だ。冗談なのよ。なんとか助けてくれ。お頼みします。これでも、おれが死んだら悲しむ女がいるんだ。な、許してくれ」

「では、その辺の掛け茶屋で、今後のことを相談しましょう」

若侍は弥太の前に立って歩き出した。弥太は渾身の力を振り絞って跳び出し、若侍の前に回り込んだ。

「そ、そんな悠長なことをしている暇はねえんだよ。おれっちの血は勢いがよくて毒の回りが早いんだ。いけねえ、もう膝がガクガクしてきやがった。な、お願えだ。おれにはこの先何の夢も希望もない。堅気になって所帯をもとうなんてことも叶わねえ。だからせめて、あと二、三年生かして女郎相手のいい夢を見させておくんなさいな」

「焦ることはありません。あと七日間は死にません」

「いいから、毒消しをくれってんだよ。持っているんだろ」

「いくら出します?」

「へっ?」

「毒消しをいくらで買います?」

「お、おめえは……」

弥太は目を丸くして若侍を見上げた。眉目秀麗を絵に描いたような男ぶりだった。本当に、あの腑抜けた面は、隙を作って巾着切りを誘い込むための芝居だったと思うと、感心のあまり涙が出た。本来は、キリリと締った歌舞伎役者顔負けの若武者ぶりなのだと、胸がキュンと痛くなる思いで若侍を見つめていた。

しかし、今は、若侍の美貌に心を奪われているときではなかった。

「こ、こんな貧乏な巾着切りから銭を取ろうっていうんですかい？」

「恥ずかしながら手元不如意（ふにょい）なのです」

「だ、だけどあんたはお旗本の若様じゃねえんですかい」

「それは見せかけです。実は今日、中西道場の門弟として寄宿舎に荷を解いたところなのですが、入門料はおろか、寮費さえ事欠く始末。道中思わぬ出費がありまして、これから一年間の江戸住まいは、自ら稼ぎ出さなくてはならないのです。心中、お察し下され」

「お察しって、おい、冗談じゃねえよ。急にお武家様らしい言葉遣いされても困るんだよ。おれだってよ、このところ婆ァと雨にたたられてシノギがなくて、首吊り寸前なんだよ。おまけに元締には、上納金を租税並みにごっそり取られるしよ。巾着切りも内情は苦しいのよ」

弥太は涙声で訴えた。だが、若侍の表情は変らなかった。

「では、八日後に、暗いところでチーンという音を聞かれるとよいでしょう」

若侍は背中を向けてスタスタと歩き出した。その向こうに、最前（さいぜん）からいる町娘の姿があった。若侍が急に向きを変えたのであわてているようだった。

だが、弥太の焦燥は小娘の比ではない。残った力を右膝に溜めて土を蹴り、必死に腕を伸ばして若侍の背中を摑んだ。

「負けた。負けやした。出します、銭を出します。出しやすから、毒消しを渡してやって下さい」

大きく息を吐いて弥太は若侍の前に頭を垂れた。それから波銭を五枚取り出し、若侍の前に差し出した。

「二十文ですか。弥太公の命は安いなあ」

「今日はさっぱりでして、おけらの弥太と呼んでやっておくんなまし」

「二匁七分の純銀の豆板を先程目にしたように思うのですが」

「えっ？　み、見ていたんですかい？」

油断のならない人だと心底（しんそこ）弥太は不気味になった。だが、そんなことより、自分の身の方が大事だ。もう一刻の猶予（ゆうよ）もならない。身体中から汗が吹き出て、目が霞（かす）みだしていた。

「じゃ、これを。……さ、毒消しを、早くお願げえします」

東北弁の藩士から盗んだ南鐐二朱銀を、弥太は差し出した。腸（はらわた）が煮えくり返る程くやしかったが、自分の命には代えられない。

「では、これをどうぞ」

若侍は印籠から黒い丸薬を一粒取り出して弥太の掌に乗せた。弥太は急いで飲み込み、渇いた喉に、唾液をその後から送り込んだ。

「これでもう大丈夫ですかい？」

右肩が下がり、身体を斜めに傾けて若侍を睨み上げる体勢を取ったのは、弥太の報復心の表れだった。

「ああ、今日のところは大丈夫です」

「今日のところ？」

懐の匕首に指先をかけた弥太は、思わず三白眼になってしまった目を若侍に向けた。

「それはいってえ、どういうことで」

「一日寿命が延びたということです。早い話、毒が回って死ぬのは明日から八日後になったわけです」

「て、てめえ、そりゃ、イカサマじゃねえか」

「一度で治る血清は道場の寄宿舎に置いてあります。ま、ここしばらく、あなたとわたしは長良川音頭ということになりますな」

「長良川音頭だあ？　な、なんのこった」

匕首を握る弥太の指先に力が入った。こうなれば、死なばもろともという気になった。

「わたしが鵜匠で、弥太公が川魚を獲ってくる鵜というわけです。はは、これもなにかの縁です。仲良くやりましょう」

「ぐ……」

背中を向けたら最後、殺してやる、と弥太は腹に力を込めて若侍を見つめていた。

そうだ、といって若侍は二朱銀を指先で挟み、陽にかざして前後に振った。

「手裏剣でお金が儲かるという話をしていましたね。まずはこれを元手にそいつで金を増やしましょう。江戸という所はじつに面白い。巾着切りに、箱入り娘に化けた娼婦。――あなたのことです」

いつの間にか背中を向けてすべるように歩き出していた若侍は、松の木の陰で頬を赤らめて佇んでいる町娘の肩を、指に挟んだ二朱銀で、ポンと叩いた。

町娘はあっけにとられたように口を開き、青羽二重の若侍の後姿を見送っていた。

同じように、まるで催眠術にかけられたように斬りかかることも忘れて茫然と突っ立っていた弥太は、若侍の姿が物見客の中に紛れ込んでいくのを見て、若様！　と思わず叫んで駆け出していた。

四

若侍が通り過ぎていったあとも、お咲はまだその場に佇んでいた。顔が上気し、身体がふわふわとして、まるで雲の上にでも乗っているような心持だった。

人の波からはずれて松林の中へ入っていった若侍が、小間物屋の奉公人らしい町人に声をかけ、その町人がびっくりしてひっくり返ったところから、若侍が銭をもらって歩き去るところまで、その一部始終をとっくり見ていたのだが、お咲には二人の関係がどうなっているのか、皆目見当がつかなかった。

ただ、真面目な奉公人だと見えた人が、若侍に向かって目尻を吊り上げてみたり、如才なく手もみをしたりする姿を見ている内に、どうも普通の人ではないような感じがしてきた。お咲のお父っつぁんの下で働いている手代や小僧さんたちとは、明らかに匂いが違うのだ。

その男に対する若侍の態度も不可解で、親しいのだか、初対面なのだか、はたまた喧嘩を売っているのだかまるで分からない。

だが、本当のところ、お咲は二人の関係などどうでもよかった。細身で長身、背筋がぴんと張った若侍の姿形が美しく、着ている青羽二重がお日様に反射してキラキラと輝き、天上人(てんじょうびと)が気紛(きまぐ)れに江戸見物に舞い降りてきたのではないかしら、と思う程その姿に心を奪われてしまっていたのだった。

その彼が、一度、お咲の方を急に振り向いて何かいったときは、まっ赤なお日様が顔にぶつかってきた程に動揺した。

まさか自分のことをいっているのではあるまいと思いながら、やはり、自分のことを小間物屋らしい町人に喋(しゃべ)っているような気がして仕方がなかった。

お咲が後をつけている間、若侍は一度も振り返らなかった。だから、自分のことなど気付いているはずがないと思い込もうとしていたのだが、小間物屋を置いて彼がこちらに向かって歩いてきて、しかも、通り過ぎ様(ざま)「……あなたのことです」といってその黒い瞳を向けられたときは、それまでに感じたことのない痺(しび)れに全身を冒されてしまったものだった。

やっぱり、あたしのこと、気付いてくれていたんだわ。

そう思うと頭がのぼせたようになり、身体が軽くなってきたのだった。

だが、若いお咲は、夢見心地の気分から現実に立ち返るのも早かった。

小間物屋の奉公人から、いつの間にか遊び人といった雰囲気に染まってしまった町人が、荷箱を放り出して、若様、と叫びながら若侍を追って自分の前を通り過ぎるなり、思わずお咲も駆け出していた。

着物の裾が思う存分に開かず、土埃も立って息苦しかったが、生まれて初めて出会った刺激的な若侍の出現に、自分の胸の内がどうなっているのかよく分からないままに、その後を追いかけていたのだ。

追っかけお咲。

お供の女中の梅のことなどもうすっかり忘れ、若侍の背中を人ごみの彼方にしっかりと見据えて、お咲は知らずにそう呟いたことだった。

五

手裏剣屋の前には、数十人の見物人が、二人の武士を遠巻きにして佇んでいる。

青羽二重の若侍は、人ごみを搔き分けるでもなく、といって隙間を見つけて潜り込むという風でもなしに、まっすぐにまるで風のように進んで、見物人の最前列に進み出ていた。

その幽霊のような足どりを不思議に思いながら、いつの間にか弥太も若侍について最前列に出ていた。その弥太の目に最初にとび込んできたのは、将棋の駒の顔形をした津軽弁らしい訛をもつ武士だった。

まずい、と思った弥太はそそくさと若侍の背後に回り、その肩の脇から顔半分を覗かせて、成り行きを眺めだした。

両袖に襷を掛け、袴の両裾の左右の端を引き絞った年の頃四十がらみの浪人が、津軽の藩士に二本の手裏剣を手渡している。

「二本の内、一本でも、拙者の身体に触れれば、懸賞金はそこもとの手に入る」

浪人はそういって、襖を一回り大きくした平板の前に佇んだ。その右手には一尺二寸程の小刀の木刀が握られている。それで、相手の投げる手裏剣を打ち落とす趣向なのだ。

「懸賞金の儀、確かだべでござろうな」

いかつい顔の藩士は肩を怒らせていった。その訛に、見物人の間から失笑が洩れたが、将棋侍の耳には届かない。緊張しているのだろう。

「確かでござる。御貴殿(ごきでん)が支払われた百文、拙者が敗れれば銭一貫(かん)としてお返し申す。矢島兵庫之介(やじまひょうごのすけ)、浪々(ろうろう)の身といえども、嘘偽(うそいつわ)りは申さん。いつでも、参られよ」

「うむ」

将棋侍は四間(けん)程離れた所に描かれた丸い輪の中に手裏剣を持って佇み、ぐりっ、と大きく目を剝(む)き出した。

見物人は口を閉ざし、静まり返った。紙入れを盗まれて一文無しのはずの武士が、どうして銭を都合したのだろう、と不思議に思っていた弥太は、その腰から脇差しが消えているのに気付いて納得した。

紙入れを落としたと思った武士は、近くの質屋にでもとび込んで、脇差しを曲げてきたものなのだろう。あの手の、鈍い、やや自信過剰気味の田舎侍は、自分が掏摸にやられたなどとは、金輪際(こんりんざい)信じないものだからだ。

「えいっ」

裂帛(れっぱく)の気合を込めて将棋侍は手裏剣を浪人に向かって投げ放った。

「とう」

矢島と名乗った浪人は、少しもたじろがずに小刀を振った。チン、と音がして、手裏剣は浪人の足元に落ちた。

「うぬぬ」

将棋侍の顔面が紅潮した。こりゃ、だめだと弥太は胸の中で呟いた。肩に力が入り過ぎて硬直しているのが素人目にも分かる。

「若様、どうでやす？」

先程までの腹立ちはまだ消えたわけではなかったが、とりあえず、自分の命を握られている弱みがあり、弥太はごきげんを取るつもりでそう聞いた。

「面白いですねえ」

「あの矢島ってえ浪人ものは、去年の暮近くから、かれこれ三月以上もここで大道芸を張っているんでさ。その間、負けたのはたったの五回。それも、負かしたのはみんなサクラだとあっしは睨んでいるんでやんすがね」

弥太は若侍の耳元でそう囁いた。

そのとき、とわっ、と大鷲が羽根をもがれたような奇声を発して将棋侍は手裏剣を投げた。

チン、と情けない音が響き、手裏剣は再び浪人の足元に落ちた。将棋侍の顔面は、どす黒くなった。

「いま一度。いま一度お願い申すだべ」

そういって浪人の下に駆け寄り、懐中から二朱金を取り出した。その手がおこりにでもかかったように震えている。

無理もねえ、と弥太は思った。あの程度の下級藩士では、せいぜい六日に百文の小遣いだろう。この上二朱金を失くせば、ふた月分の小遣いが吹っとぶ計算になるのだ。

「儂が勝てば、いくらになるんだべ」

「さよう。小判一両と二朱金を二枚、お付け申す」

「よ、よっしゃ」

将棋侍は二本の手裏剣を受け取ると、気負い込んで四間離れた円い輪の中に戻って佇み、顔面を怒りダルマのようにまっ赤に脹れ上がらせ、がおっ、と気合をかけるなり思いきり腕を振り下ろした。

空気を裂いて飛んだ手裏剣は、浪人の顔前まで来て、ふっ、と掻き消えた。

見物人は目を皿のようにして手裏剣の行方を捜した。その見物人の間からどよめきが沸き上がった。手裏剣は、浪人の右手の中に捕らえられていたからである。

「う、う、こしゃくな奴、だべ」

浪人から軽くあしらわれた将棋侍は、遮二無二番手の手裏剣を投げた。見物人の間から、さらに大きな歓声が上がった。浪人は、右手の人差指と中指の間に、将棋侍の投げた手裏剣を挟んで、平然と佇んでいた。

「すごい。天狗様みたい」

弥太の後で娘が叫んだ。首を回してみると、どうやらさっき、松の木の陰に佇んでこちらの様子を窺っていた町娘らしい。目が大きく、鼻筋が通った愛らしい娘で、若様は娼婦の変装だと看破したが、とてもそんなふうには見えない。元気はいいが、そのうなじの恥じらい加減は、どう見ても未通女のものだ。

「若様、うしろに……」

さっきの町娘がいますぜ、といおうとして弥太が前に向き直ったときには、若侍はすたすたと浪人のところに歩き出していた。

入れ違いに、将棋侍が、耳朶まで赤く染め、水に浸った張り子の虎のようにがっくりと首を落として歩き去っていった。

「これでお願いします」

湯屋の番台に十六文の入場料でも払う感じで、若侍は浪人に申し合い金を払っている。それがなけなしのお宝の二朱銀なので弥太はあわてた。

あの極楽蜻蛉め、本当に使っちまいやがった。

若侍に万に一つの勝ち目もなく、銭は溝に捨てるようなものだと弥太は地団太を踏んだが、今さら出ていって銭を取り返すわけにはいかない。

見物人の間から忍び笑いと囁き声が洩れてさざ波のように広がっていく。よ、千両役者、という声が飛ぶと、笑いは一層高まった。

浪人は若侍から受け取った二朱銀を高く掲げて口上を述べた。

「十文なら百文。百文なら銭一貫。賭け金の十掛けにしてお返し申す。こちらのお若い方の賭け金は安永南鐐二朱銀。さすれば、首尾よく手裏剣でそれがしを打ち果たしし折は、元文一両小判にてお支払い申そう」

手が叩かれた。よっ、矢島と声をかける気楽な見物人もいる。常連の輩で、連中にしてみれば、毎日ただで武士たちの無様な姿が見られるのだからこれ程楽しいことはない。

ああ、これならば安心だ、と若侍がいう声が響くと、人々のざわめきが水をかけられたように鎮まった。若侍は浪人から与えられた二本の手裏剣をしげしげと眺めてから顔をあげた。

「切先が潰してあるのですね。これなら相手に当てても傷をつけないで済みますね」

「さよう。さすれば手加減をされることもなかろう。拙者はどちらでもよい。貴殿がご自分の小柄を使いたいと申されるのであれば、それでもよい」

「いえ、これにしましょう」

若侍はあっさりといって、丸い輪の中に入って棒立ちになった。

浪人は立てかけた大板の前に佇み、小刀を右手に下げた。

「では、参られよ」

「じゃあ、いきます」

若侍は右手の掌の内側に手裏剣の刃の部分を納めて、肩の上まで引き上げた。

その右の手首が振り下されると同時に、だらりと下げられていた若侍の左手がはね上がった。

空中に飛び出した二本の手裏剣は一本の光の筋となり、浪人の眉間に向かって伸びた。

「いえっ！」

奇声を発した浪人は、木刀を素早く振り抜いた。一番手の手裏剣は音をたてて地べたに落ちたが、二番手の手裏剣が浪人の眉間を打った。

「つ……」

浪人は呻き声をあげて蹲った。

一瞬、静寂が広場を覆い包んだ。

「わあ、すごい！　免許皆伝！　宮本武蔵か塚原卜伝！」

いつの間にか弥太の隣に来ていた町娘が、手を打って喝采を叫んだ。つられて、見物人の間から大きな歓声が上がった。

「やったぜ若様！　小判一両でえ！」

娘の滅茶苦茶な掛け声に勇気を得た弥太は、裏稼業の人間であることも忘れて、跳び上がった。

「お怪我はありませんか」

若侍は周囲の歓声に浮かれることなく、心配した表情で浪人の下に駆け寄って肩に手をかけた。

「大丈夫だ。しかし、右、左、同時に手裏剣を投げてくるとは……不覚であった」

「禁じ手でしたか？」

「いや、そうではない。しかし、予期せぬことであった」

浪人は眉間に手拭いをあてて、上体を揺らしながら立ち上がった。手拭いを取ると、そこは青黒く鬱血していた。

「矢島氏、まずは懸賞金を差し上げてくんなさい」

弥太は二人の間に立って弾んだ声でいった。うむ、と呻いてから、これでよろしいかといって、浪人は小判の代わりに懐中から四つの一分金を取り出して若侍に手渡した。うらめし気な目をしている。

「ありがたいことです」

そういって四つの一分金に目を落とした若侍は、すぐには懐中にしまおうとせずに、愛おしそうに眺めている。それで合わせて一両になる。

「どうじゃ、その金でもう一度やってみるかな」

若侍の表情を、横目で窺っていた矢島という浪人は、痛みを忘れたように、片方の頬に半円形の皺を作ってぬめった声でいった。

「やりましょう」

若侍は明るく返事をした。ちょ、ちょっと待った、と弥太は叫んで、若侍を萩の餅屋の横手に引っぱっていった。

「若様、無茶はいけねえ」

「無茶か？」

「いえね、あっしは若様の腕を疑っているわけじゃねえんです。いいですか。もし、ここで一両賭けて若様が勝っちまったら、あの浪人は十両払わなければならねえ」

「十両か。では、吉原で酒池肉林の宴ができるな」

じろり、と弥太は若侍を睨み上げた。

「あんた、そんなことを考えていなさるんで」

「そのために江戸に来たようなものだ」

「剣術の修行ではなかったんで」

「んなものは国を出るための口実だ」

「若様、ひょっとして、言葉遣いがちと変ったんじゃありませんか」

「悪だくみを働くとこういう言葉遣いになる」

若侍の目が刀の刃のように青く光った。弥太は背筋にひやりとしたものを感じて、思わず頭を振った。おれは、とんでもねえ奴に引っかかってしまったのかもしれねえ、と弥太は腹を震わせた。

「と、とにかく……」

唾を飲み込んで、頭の中を整理しようと努めた。このままでは何が何だか分からなくなってしまう恐れがあった。

「もし十両も取っちまったら、若様はいずれ奴の浪人仲間に闇討ちされますぜ」

「何故だ」

「そんな大金を取られたら、奴らはおマンマの食い上げだ。そんなぶっそうな侍を生かしておく程奴らは余裕がない。背中から袈裟懸けに斬って、金を奪って知らん顔でさあ」

「それはぶっそうだな」

「ですから、ここはこらえて、まあ、一分金だけを賭けてもう一度やりなすった方が賢明ですぜ」

「そうか。ではそういたすとしよう。さすが裏街道の人間だ。いい人と知り合った」

そういうなり、若侍は浪人のところに戻っていった。弥太は大きく一つ溜息をついた。若侍の腕を疑ってはいないといったのは本心ではなく、先程のようなまやかしの技は二度と通用しないと悟って、一分金三個だけでも残させようと計らったのである。そうすれば、いずれ自分の所に戻ってくる可能性があるからだ。

弥太はほっと胸を撫で下して見物客の中に戻ってきた。つぶし島田に髪を結ったさっきの町娘が、弥太に向けて、興味深げな視線を送ってきた。

ほう、この小娘、色気づきやがったのかな。まあ、箱入り娘は、ヤクザな男に惚れるというからな。

おれも満ざらじゃあねえな、と胸をそらした弥太は、若侍が浪人に向かっていう言葉遣いを耳にして、つくづくあきれた。

「では矢島殿、賭け金、一分金にて、勝負をさせて下さい。それ以上はとても自信がありません」

どう聞いても、悪だくみとは無縁の、純情侍の口上だ。あいつの人柄はどうなってんだ、といぶかしむ弥太の耳元に、若い娘の声が囁きかけてきた。

「やっと分かったわ。おじさん、泥棒でしょう」

弥太は肝を潰した。娘の顔を見返す気力もなく、やっぱり仏滅だ、ナンマンダブ、ナンマンダブ、と胸の内で唱えていた。

六

妙な具合になった、と矢島平四郎は運ばれてきた春日茶と茶菓子に目を落としてひとりごちた。向かいに坐っているお咲という町娘も、茶屋に入るまでのおきゃんぶりはすっかり影を潜めて、今は肩をすぼめ、しおらしく俯いている。丁度、自分の娘と同い齢くらいだろう。そんな若い娘と茶屋の一室に差し向かいで坐っていることの偶然の成り行きを、矢島は冷や汗を掻く思いで振り返った。原因は、あの若侍の奇策とでもいうべき作戦に、完敗してしまったことにある。

この三月で、唯一の敗戦だった。あまり勝つのもよくないと判断して、安い賭け金の町人上がりの御家人に二度ばかり勝ちを譲り、サクラで雇った浪人に負けたふりをしたことが三度あったが、本気で立ち向かって敗れたのは初めてのことだった。

若侍の初手は両手投げ。一分金を賭けた二度目の対峙では、一投ずつ放つという事前の取り決めにもかかわらず、若侍はいきなり手裏剣を手にした両腕を両肩に上げた構えをとったため、矢島は大いに動揺してしまったのだった。

約束が違う、と胸の中でうろたえつつ怒鳴ったようにも思う。だが、若侍はまったく意に介さず、さっさと両腕を振り下した。ところが、若侍の手から放たれた手裏剣は確かに一本だけで、もう一つは手の内に納められたままだった。

つまり、陽攻であったのだ。

それを見破れなかった自分も情けないが、若侍の手から放たれた手裏剣が、足首に刺さったというのも、不運なことであったのだ。そのため、新たに二両二分も払うことになってしまった。

南鐐二朱銀を得るために、都合、三両二分も失ってしまった。毎日、十文、二十文の客を相手にコツコツと貯（たくわ）えた金が、たった一人の冷やかし半分の上機嫌な若侍に、瞬時にかすめ取られてしまったのだ。

不覚であった……。

不覚……。まて、儂は何故このような茶屋に来て、こんな町娘と向かい合っているのであろうか。

悔しさで頭のどこかが欠落していたのだろう。矢島は上気した顔を壁に向け、そこに何がしかの絵が滲（にじ）んでくるのを待つように、潤（うる）んだ目を向けた。

そうだ、三両二分を懐に納めたあの若侍めが、帰り際に、それでは明日、と申したからじゃ。あんなわけの分からん男に毎日来られたらたまらんと、儂は奴を同志、そう、志を同じゅうする仲間として迎え入れたいと交渉すべく、店をたたんでこの茶屋まで追いかけてきたのだ。

矢島が来ると、茶屋の門の前に裕福な商家の出らしい娘がおろおろしながら中を覗き込んでいて、矢島の姿を認めるなり、お武家さまお願いです、一緒にここに入って下さい、と頭を下げて頼んできた。

お咲と名乗ったその娘は、青羽二重の若侍のことをどうしても詳しく知りたいので、隣の部屋に潜んで聞き耳をたてていたいのだ、と大胆なことを正直に打ち明けた。

渡りに船と頷いた矢島は、娘の話に乗っかる形で、はすっぱな茶屋女の案内で小部屋に通されたものの、自分は何も密偵の真似などする必要もなく、この居心地の悪さはいかんともしがたい、と反省を始めたところだった。

「お咲さんとやら、儂は……」

しっ、とお咲は唇に指をたてた。矢島があれこれと物思いにふけっている間に、お咲は四十二文もする春日茶を飲み、茶菓子を食べ終え、茶屋の部屋にも馴染んで、隣家の二人の話に耳を傾けていた。

機先を制された矢島は、やはり女子は心が太い、と嘆息して茶を口に含んだ。

隣の部屋からの話し声が明瞭に聞こえてくる。

――お名前ぐらい教えて下さいな。

――あなたがわたくしの紙入れを掏ったあたりは何といいましたですか。

――奥山でやんすが。

――そう、その奥山が苗字です。奥山右京之介というのはどうでしょう。

――ご、ご冗談を。

――もっとも、ふぐりは左の方が重いので左京之介という手もありますが。

――茶化しちゃいけやせん。

隣部屋の二人は何やらとぼけたことを話している。そうか、掏摸とその被害に遭った者かと思いながら矢島は茶を飲んでいる。妙な取り合わせだが、この江戸では何が起きても不思議はないので矢島もさして驚かない。娘も顔色を変えずに聞き耳をたてている。ふぐりとはきん玉のことだと知ったらさぞや赤面することだろう。

その内、奥山と名乗った若侍が、一刀流中西道場の門弟だということが分かって、矢島はにわかに興味を抱きだした。三代目中西忠太子啓が四十七歳の若さで突然病死してひと月余り。道場には寺田五右衛門や若き剣聖白井亨、それに音無しの構えの高柳又四郎と当代きっての名人がそろっているが、四代目を継ぐべき兵馬は養子の上にまだ十五歳の若さ。江戸随一の道場もあわただしさの中にある。

　さてはあやつ、混乱に乗じて道場を乗っとる腹づもりじゃな。

　矢島はそう見当をつけて聞き耳を立てていたが、話は思わぬ方へ流れていった。

――するってえと、寮費や入門料、師範代への心付けなんかで、さっき稼いだ三両なんぞは、あっという間になくなっちまうというわけでござんすね。

――そうです。それで手っ取り早く金を稼ぐ方法を見つけだす必要があるのです。

――そりゃ、土蔵破りしかねえ。

――お縄はご免蒙ります。そこで考えたのですが、悪党払いというのはどうでしょう。

――お祓いでやんすか？

――いや、悪い奴をこらしめるのです。世の中には生まれつき悪の権化みたいな奴がいる。人知れず、そいつらに苦しめられている善人は多いはずです。そこで善人から奉仕料をもらい、悪人をこの世から抹殺するのです。

――そりゃいいが、相手が腕の立つ浪人であったらどうしやす？

――暗闇でバッサリ。

――あっしの役目は？

――依頼人捜しと悪党の日常探り。

――依頼人が簡単に見つかりやすかね。

――それが弥太公の腕の見せ処。今日からあんたは正義の掏摸だ。

「その話、乗りまーす！」

突然お咲が立ち上がって襖を開いた。矢島は飲んでいた茶を吹き出した。

懐紙で鼻をぬぐいながら隣の部屋に目を向けると、若侍は唖然と口を開き、掏摸は腰を抜かしたのか、紅い褌丸出しで、両股を開いて潰れていた。

七

お咲の話を聞き終えると三人の男は一様に怒りを露わにした。

「何にも抵抗できねえ幼女を片っ端からいたずらする番頭なんて、生かしちゃおけねえ」

「その通りだ。儂も娘を一人持つ身。もし娘がそのような目に遭うたらそ奴を八つ裂きにしてくれるわ」

「そうでしたか。矢島兵庫之介殿にはご妻子がおられたのですか？」

右京之介の言葉に矢島は頭に手を置いて照れた。

「儂は、実は矢島平四郎というのが本名でして……はは、兵庫之介はいわば源氏名でござるよ」

「それで、矢島さんはこの話に加わってもらえますか？」

「無論、加えて頂きたい」

「お咲さん、いくら出せますか」

右京之介はお咲に顔を向けて単刀直入に訊いた。

「あの男をこの世から抹殺するためだったら、あたしは何にもいりません」

お咲は一分金二朱金合わせて四両入っている財布をほうり出し、髪についていた櫛と簪もはずすと、右京之介の真向かいに立って帯を解き始めた。

「この帯だって一両や二両はします。この京友禅は、仕立てたときは十一両かかったとお父っつぁんがいっていました。あの男のために女の子がどれだけ小さな胸を痛めたことか。自害(じがい)した子もいるんです。善人ぶっているけど、あいつは鬼です。子供が誰にも秘密を相談できないことをいいことに、あいつは……」

喋りながらお咲は瞼(まぶた)に涙を滲(にじ)ませた。帯を解き、ついで、勢いにまかせて着物の前を開いた。自分が何をしているのか判断できず、ただこの着物をお金に替えて皆さんの手間賃(てまちん)にしてもらいたいということしか念頭(ねんとう)になかった。

「おいおい、お咲さん」

そういわれて初めて顔を上げた。涙で曇った向こうに右京之介の濃い眉と強い目があった。その視線が自分の胸元に注がれているのに気付いて、目を落とした。

「きゃっ！」

お咲は悲鳴をあげて蹲(うずくま)った。着物に腕は通してはいたが、立ち上がって前を開いていたため、腰巻と襦袢が右京之介の目には丸見えになっていたのだ。

お咲は着物の前を掻き合わせると、転げるように隣の部屋にいった。そして襖を閉めたあとでほんの少しだけほっとした気持になった。

襖を閉じる瞬間目にした右京之介の頬は、色付いた桜の花のように桃色に染まっていたのだった。

八

北本所にある破れ寺の境内に、矢島平四郎は小半刻も憮然として佇んでいた。晩春だというのに、日の陰った境内には、冬の名残のような寒気がうろついていて、佇んでいる矢島を何度となく身震いさせた。そばに燃えている炭がなければ、木綿羽織を単の着物の上にはおっただけでは、とてもしのげるものではなかった。

その炭の中には金棒が差し込まれていて、その前に、年老いた鍛冶が影のように坐り込んでじっと炭を見つめている。矢島が奥山右京之介と名乗った若侍から指定された暮七ッ（午後四時）にやってくると、その老人はすでに炭を燃やして境内の隅にこびりついたように踞っていた。

ここで何をしておる、奥山殿からいわれて参ったのか、この寺はいつから無人なのだ、と色々と尋ねてみたが、老人はへえへえとしか応えない。どうやら耄碌しているらしいと判断して首を巡らし、色を落としていく夕空を眺めていた。幾十羽もの小鳥が鬱蒼と茂った樹木の上を輪を描いて飛んでいくのを見ながら、儂はいったいここで何をしているのであろうとぼんやり考えていた。

幼女虐待の番頭をこらしめるのだと若侍はいっていたが、それをどのような手段でやるのか一向に要領を得ない。それに番頭が米沢町から遠く離れた北本所までのこのことやってくる保証もない。

儂はたばかられているのではないだろうか、人の好いのもいい加減にせんといかん、と平四郎は思い、国元で剣術指南役として勤めていた実直な時代のことなどが頭を掠めだした時、

「やあ、お待たせしました」

と声をかけられ、びっくりして顔を戻した。そこに右京之介とお咲という町娘が並んで立っているのを見て、矢島はにわかに狼狽した。

「や、これは、奥山殿。いや、なに、儂も今しがた参ったところじゃ」

冷や汗をかく思いでうろたえたのは、二人がすぐ傍に来ているのに、気配をまったく感じることがなかったうかつさの故である。ことに町娘から漂う紅や髪油の匂いにも気付かずにぼうっとしていたことは恥辱であった。

「矢島様、今日はあたしのお願いをきいて下さいましてありがとうございます」

お咲が神妙にそういって頭を下げた。いやいや、と手を振ってお咲を見た平四郎は、お咲の頬が上気したように赤く染まっているのに気付いて、これは、と思

った。ヤボな浪人者にも、娘心を察知する感性は残っているようだった。お咲は、まるで出合い茶屋にでも行くような心持で若侍と連れ立ってきたものらしい。

「おう、来た来た」

若侍がそういって嬉しそうにしたので、矢島は十軒程向こうの開け放たれた門に目を向けた。だが、そこには人影らしいものはない。何が来たのか、と疑問に思って若侍を見返したとき、崩れた門の向こうに二人の姿が現れた。どうして、と思ったとき、若侍はすでに門に向かって歩き出していた。

「若様、村田屋の番頭、正吉(しょうきち)さんをお連れしやした」

弥太という怪(あや)し気な遊び人は、そういって背中を丸め、如才なくへっへと笑った。どのような口車(くちぐるま)でもって番頭を連れ出したのか分からなかったが、裏の稼業に生きる者にはそれなりの才覚(さいかく)があるらしい。

「正吉でございます。わたくしに御用とおっしゃいますのは、どちら様でございましょう」

正吉は慇懃(いんぎん)にいって頭を下げ、それから用心深そうに若侍と矢島を窺った。

三十を二つ三つ出た丸顔の男である。一見善良そうだがぶ厚い唇に下賤(げせん)な者にありがちな欲望が潜んで見え、頬肉も固太りで一筋縄ではいきそうにない。その目は油断なく細かく動いている。

「おめえは、小さな年端もいかない娘をいたぶって喜んでるそうだな」

「め、滅相もございません」

これまでとは打って変った若侍の無頼な口調に矢島は少なからず驚いた。その迫力の前に、番頭は血相を変えて後じさりをした。

「こ、こんな所まで連れてきて何をいわれるのでございますか。わたしはそのような……」

「お咲さん、この男で間違いないか」

若侍は杉の幹の後に回っていたお咲を振り返った。顔をそっと出したお咲はこっくりと頷いた。上気していた頬は青ざめてひきつっている。

「間違いありません。綿問屋、村田屋の番頭正吉はその男です」

余程こわい思いをしたのだろう。そう叫んだお咲の声が震えている。

「トミちゃんが川に身を投げて死んじまったのも、その男のせいです」

「な、なにを証拠にそのような！」

「証拠などいらぬ」

言いざま若侍は脇差しを抜き放った。白光が、弱くなった夕方の淡い灯の中で閃いたと思う間もなく、抜身は鞘の中に納められていた。

な、なんという早業。矢島平四郎は胸の内で驚嘆した。だが、当の正吉には何が起ったのかまるで分からなかったらしく、ただ茫然と突っ立っている。

「番頭さん、こんなものが頭から落ちましたぜ」

そういって弥太が地面から拾い上げたのは、髷であった。

「ぎえっ！」

正吉は野太い叫び声をあげて髷の失せた頭に両手をやった。若侍はすましている。

「おまえは果報者だ。生きているうちに地獄巡りができるのだからな」

「こ、こんなひどいことを……お、お役人に訴え出てやる」

「それはいいことだ。だが、その前に顔に細工をしなくてはならんな」

「な、なにを一体！」

「これまでの悪行の褒美に、額に焼印をしてやろうというのだ」

「ぎゃーっ！」

叫んで背中を向けた正吉の肩を、一歩踏み込んだ若侍はぽんと叩いた。すると、正吉の腰が抜けたようになり、へなへなと地面に坐り込んだ。矢島が回り込んで見ると、正吉の目鼻口はとっ散らかったようにばらばらになっている。

今の技は、いったい何なのだ。

矢島は舌がもつれてしまって口もきけずにいる正吉を仔細（しさい）に観察しながら、胸の内でそう呟いていた。

「さあ爺さん、孫娘の仇（かたき）だ。存分（ぞんぶん）にやるがよい」

若侍がそう声をかけると、炭の前に坐っていた老人が、むくっと起き上がって前に出てきた。その手に金棒が握られていて、先についている二の字の鉄はまっ赤に燃えさかっている。近づいてくる老人の両眼も、狼（おおかみ）のように赤く光っている。迎える正吉の目から涙が、口からは涎（よだれ）がどっと吹き出されるのを、矢島は成程（なるほど）これは地獄だと、すでに成仏（じょうぶつ）した思いになって眺めていた。

四人は両国（りょうごく）橋の見える所まで来て立ち止まった。それぞれ帰る方角が違うのだ。

「お咲ちゃんが米問屋、山咲（やまさき）屋のお嬢さんだと知っていたら、おらっちもう少し色男ぶるんだったのにな」

「あら、あたしをどんな娘だと思っていたの？」

お咲はすねた目をして右京之介と弥太を見比べた。矢島はそんな三人を見て笑っている。

「どんなって、なんとこの若様と来た日にゃ、お咲ちゃんをまるで遊女の変装だと……」

「こら弥太公、もう一度毒蜘蛛に食らわせるぞ」

若様が笑いながら声を出した。

「おっとあいつはご勘弁を。あれっ、そういやあ、いつの間にか痺れがなくなっていやがったな」

「そりゃそうだろ。あれは毒蜘蛛でも何でもない。ただの穴蜘蛛だ」

「ちきしょう。掏摸を騙すなんて、とんでもねえ悪党だ。カネ返せ！」

弥太は右京之介に殴りかかった。その腕を簡単にかわして右京之介はお咲の隣に佇んだ。

「あんな始末でよかったかい？」

「ええ、あの恐ろしい顔を見れば、どんな子供も近寄っていかないでしょうから」

殺す代わりに、悪番頭の額に、二の字印の焼印を押しつけて放免(ほうめん)したのだ。

「これでやつもうまっ当な仕事にはつけねえ。女みたいな手えしやがって、どの寄せ場に行っても地獄を見るぜ。ざまあみろだ」

「あの男も顔に焼印を入れられた上、尻に手ェ回されるのでは死んだ方がましだな」

矢島が袖に手を入れてにやりとした。

「お尻に手を回されるって、何のこと？」

お咲に訊かれて、弥太と矢島はあわててお咲の前から跳びすさった。

「知らねえよ。そんな色気のないことより、ねえ若様、お咲ちゃんの蕾(つぼみ)をとくと拝見したんでしょ。ねえ、どんな具合に色づいていやしたか、教えてくんなさいましよ」

「バカア！」

お咲は弥太の背中を打って赤らんだ頬を右京之介に向けた。

だが、右京之介は笑っていなかった。黙(だま)って暮れていく両国橋の方に目を向け、細い葉を唇に当てると、静かに草笛(くさぶえ)を吹き出した。

然(しか)らば助太刀

一

陽気に誘われて、芝居見物にくり出してきた老若男女で、二丁目界隈はごった返している。

といっても若い娘の姿は圧倒的に少なく、老婆かどこかのご隠居といった爺さん、旗本屋敷に仕える中間(ちゅうげん)、江戸詰の藩士といった連中の姿ばかりが目立っている。それでも今日は珍しく、下女を連れた幕臣の妻女とその姑(しゅうとめ)らしい女の姿も混じっている。

空は澄み渡り、陽差しを腹の中に溜め込んだ丸い雲が一つ、青空の中で昼寝をしているかのごとくのどかに浮いている。

雑踏の中にいると汗ばむほどだった。

弥太は懐から手拭いを取り出して、そっと首筋を拭った。

裕福な商家の旦那の懐を狙いたいところなのだが、今日はそれらしいカモはいない。それにさっきから下っ引らしいのが妙に目について、おいそれと仕事ができない状態なのだ。

こういうときに焦ってシノギをしたりすると、勘助のようにドジを踏んじまうことになるかもしれん。

弥太は珍しく冷静になってひとりごちた。

元締に差し出す上納金にも困った勘助は、本願寺にお参りに来ていた老人の懐を半ばやけくそになって狙ったため、はずされて反対に、腕をつかまれた。

そのまま逃げればなんとか無事に納まったものを、たかが老人となめてたんかを切って殴りかかった。

ところが腰の曲がったヨボヨボの爺さんと思えたのが実はかつては車坂で直心影流の道場を開いていた近藤某というヤットウの達人で、勘助はたちどころに腕をへし折られた上自身番に突き出され、今や小伝馬町の牢屋敷で遠島の沙汰が奉行より下されるのを待つばかりの身となった。

市村座の前でとぐろを巻く人だかりを横目でやり過ごしながら、こういうときに、右京之介だか左京之介だかという、すっとぼけた若侍から、何か儲け話でも持ち込まれたらいいのだがと弥太は夢想していた。

半月前、幼女ばかりを狙っていたずらをしていた綿問屋の悪番頭をこらしめ、どういうわけか一分金の分け前を若侍からもらうことができた。

弥太としては、その悪番頭をひと気のない破れ寺まで連れ出しただけで、それ程の報酬を期待していたわけではない。だが、一度その味をしめてしまうと、もうたまらない。

若様だって悪党払いと称して正義の侍面をしているが、その実、銭がほしいだけなのだ。

目鼻立ちの整った、いかにも育ちのよさそうな顔立ちをした若侍のどこに、あんな人を食った魂胆が潜んでいるのか不思議なのだが、裏稼業に生きる弥太にしてみれば、そういう若侍が妙に魅力的に思えるのだ。

だが、いってえ、あの若侍の腕前はどれくれえのものなのだろう。

ふと疑問を感じて弥太は首を傾げた。なかなか奸計にたけていそうだが、その実力となると、脇差しを抜いたのを一度見ただけなのでしかとは分からない。

それに、いちおう下手に出て、若侍に対して「若様」などといって持ち上げてはいるものの、その素性となると皆目見当がつかない。旗本の冷や飯食いにしては品格があり過ぎ、大藩の藩主の御落胤（ごらくいん）にしては剣呑（けんのん）なところがあり過ぎる。

とどのつまり、正体不明なのだ。

どうせ今日はシノギにならねえ。ひとつ下谷までいって、中西道場とやらを覗いてあの若侍の腕前がどれ程のものか見てやるか。

そう思いついてひょいと頭を回した弥太は、思わず、あ、と呻（うめ）き声をあげた。人通りを透かした彼方に、その若侍の姿がくっきりと浮き彫りにされて見えたからだ。

まったくおれっちは、何か因縁（いんねん）があるとしか思えねえ。

人をかき分けて若侍に近づこうとした弥太は、通行人から頭一つ抜け出している若侍の顔に、奇妙な笑みが浮かんでいるのを目にとめて立ち止まった。

あの手の面は、またぞろ何か悪戯（わるさ）をたくらんでいるのに違いねえ。

堺町で若侍の姿を見かけるのは何とも変で、あの男に江戸歌舞伎（かぶき）の趣味があるとは思われない。

そう思った弥太は、ここはひとつ、あやつの秘密を探ってやろうとたくらんで、そっと若侍のあとをつけ出した。

若侍は人形町を通り過ぎ、呉服や織物問屋のある新和泉町を堀の方に向かってゆっくりと下っていく。羽織はつけず、黒の羽二重の着流しで、腰に大刀を帯びず、脇差しだけを差している。その格好は、自ら無頼の侍であると喧伝しているようなものだった。

が、右手にとっくりを下げ、左手は懐の中に入れ、左肘を脇差しの柄にかけて、悠然と歩く姿は、まるで錦絵から抜け出してきた役者のようにサマになっている。

そう見えるのはウブな町娘も同じらしく、柿色の暖簾を下げた小間物屋から出てきた商家の娘は、若侍を見上げるなり、魂を抜かれたように茫然と立ち尽くしてしまった。色事とは無縁の年増の下女まで、娘と一緒になって切なげな目付きで若侍を見送っている。

紅色の小旗を軒から高くなびかせた紅問屋の前まで来て、若侍は立ち止まった。あわてて弥太は用水の入った大桶の陰に身を潜めた。

若侍はすました顔で店の中に入っていく。めったに浪人者など店にはこないので、いらっしゃいませ、という手代の声が上ずっている。弥太は用水桶の陰から出て、風に揺らぐ暖簾から店の中を垣間見た。若侍は白粉と髪油を手にして店の者に何かいっている。どうやらそれを買う気らしい。

覗いていた弥太は目を丸くして用水桶の陰にもう一度身を潜めた。

こいつは驚いた。やつは色女に会いに行く気だぜ。

女といえば岡場所の安女郎にしか相手にしてもらったことのない弥太にしてみれば、女にみやげを持っていくなどというしゃれたことなど考えたこともない。

それにしても、江戸にやってきてまだ半月余りだというのに、もう色女をこさえちまうとは、まったくふてえやろうだ。

我が身を振り返り、こ憎らしい思いも手伝って、弥太はやっかみ半分に腹を立てた。いくら男ぶりがいいからといって、手が早過ぎやしないかと年長者らしく呟いてもみた。

そうしている内に若侍の姿はもう十軒程先を行っている。弥太は桶の陰から這い出て、再び背を丸めて後をつけだした。

高砂町を抜けると橋を渡らずに、浜町河岸に通じる道を若侍は風に押されるように歩き出した。

堀の向こうはどこぞの藩の上屋敷らしく、長塀が続き、その上から茂った濃い緑の樹木が風に大きく揺らいでいる。

若侍の歩いているあたりは物を貯蔵しておく小屋や倉庫が並び、ところどころに船宿もあって、その傍(かたわ)らでは柳の枝がゆらゆらとなびいている。人の通りはほとんどなく、ここらあたりで働く者は昼寝の最中なのだろう。時刻は未(ひつじ)の刻（午後二時）になろうかというときで、入堀(いりぼり)から渡ってくる風が心地よい。

入江橋(いりえばし)の橋詰に一艘の手漕(てこ)ぎの小舟が繋(つな)がれていて、中にいる老人の船頭は口を開いて眠っている。若侍はその船頭に向かって何かいった。老人はぼんやりと目を開くと、頭から被(かぶ)っていた手拭いを取って鼻を拭った。

若侍はふた言み言船頭に声をかけてから、ぽんと小舟に跳び乗った。船頭は櫓(ろ)をつかむと老人とは思えない力強い腕で漕ぎ出した。

煮物屋の店の陰で身を隠していた弥太は、あわてて小舟の後を追いだした。だが気持よさ気に水の上をすべっていく小舟の方が数倍速く、浜町河岸を顎(あご)を出して走っていく弥太との距離は開く一方だ。

右手には大藩の上屋敷、中屋敷の長塀がずっと続いていて、しんと静まり返っている。そこを足音をたてずに走るのは至難(しなん)の業(わざ)で、忍びの者でもない限りうまくできそうにない。

汗をびっしょりかいて弥太が小舟の見えるところまで追いつくと、若侍が対岸の河岸に上がるところだった。そして、大川の河岸の道を北東に向かって歩き出した若侍の右手には、いつの間にか酒とっくりの他に一匹の大きな平目が下げられている。恐らく船頭から買い取ったものなのだろう。

若侍の行く河岸の左手の長塀は陸奥棚倉藩松平家の下屋敷になっていて、いつぞや弥太はここに住んでいるという美しい姫君の評判を聞きつけて、塀の上から覗きこもうと試みて家士に見つかり、一喝されてほうほうの体で逃げ帰ったことがある。姫君というのは殿様の愛妾ではないかという噂もあるが、大名のことはしもじもの者には分からない。

若侍は大川にかかっている新大橋を渡り出した。物売りや大八車に荷を積んだ商人が忙しそうに往来している。橋の中程まで来て若侍は立ち止まった。そうして河口にかかっている永代橋の方に顔を向けて佇んでいる。

橋の下を大小様々な船がひっきりなしに通過していく。肥桶を積んだ船がゆっくりと上っていくと、その横を筍などの野菜を満載した荷船が勢いよく下っていく。

若侍の視線は佐賀町の米蔵が並んだあたりに向けられている。その表情がとても物悲しいのに弥太は気がついた。見つめている向こうにうら侘しい景色でも広がっているような寂寥感が漂っている。そんなさみしい表情をする若侍を初めて見たので、弥太は一瞬戸惑った。何か別人を見たように思ったのだ。

やがて若侍はあきらめたように歩き出した。橋を渡り、籾蔵の白壁に沿って進み、中ノ橋を過ぎて町屋に入った。そのあたりは神明宮を取り囲むようにして広がった町屋で、若侍が入っていったのは、南六間堀町と呼ばれている一角だった。

表通りには商家や材木問屋などの大店がひっそりと並んでいたが、裏通りに入るとたんにうらぶれた感じになり、しもた屋や長屋の間には葱を植えた畑が広がり、その隅にある肥溜めは陽差しを受けて黒光りしている。

若侍は古材木の積まれた野原を横切って小路に入った。その姿が見えなくなるのを待って、弥太も野原に分け入った。陽が強くなり、弥太の首筋には汗が浮いている。

こんなところに、いってえ、どんな女が住んでいるのだろう。

月の家賃が五百文程度の九尺二間の長屋に住む女では、到底一流の芸妓とはいえない。両国あたりの見世物に出る女義太夫でも、もちっとましな家に住むだろう。

弥太はそう思いながら軒の傾いた棟割長屋の続く小路を歩いていった。見ると、若侍の姿は二つの長屋が向かい合った小路にかかった木戸を入っていくところだった。

弥太は足音を潜めて木戸の脇に建っている小屋の陰まで行ってそっと長屋の路地を覗き込んだ。

若侍は一番手前の家の前に佇んでいる。だが声をかけようとはしない。妙だな、と思って猪首を思いきり小屋の陰から突き出して見てみると、若侍は空を見上げていた。

誘われたように弥太も顔を上に向けた。

青く深い空には眩ゆい光が張りつめていて、春の終りを告げる薄い雲が南東の方から流れてくる。

目が痛くなって弥太は顔を戻した。長屋のどこからか赤子の泣き声が聞こえ、どこか遠くで昼寝を破られたらしい間の抜けた犬の遠吠えがした。

弥太は目を慣らしてからもう一度若侍の方に顔を向けた。そのとき、長屋の奥から水桶を手にした若い武家の娘が現れて、空を見上げている若侍に不思議そうな目を向けた。だが、娘の足音が聞こえたはずなのに、若侍は空を見つめたままでいる。その横顔に、先程橋の上で見せたような寂寥感はもうなくなっていた。だが、昔を懐かしむような哀惜(あいせき)感が浮かんでいて、一瞬だが若侍の孤独な幼年時代を彷彿(ほうふつ)とさせた。

「失礼ですが、奥山様でいらっしゃいますか」

娘がそう声をかけた。質素な身なりをしているが、武家の娘らしく物腰(ものごし)が端正(たんせい)でおもねるところがない。

若侍はそこで初めて娘を見返した。高い所から見下ろされた娘は、そのときだけ臆(おく)したように目を伏せた。だが、そうです、という若侍の返事を聞いて見上げた目には、強い喜びの光が走っていた。白い陶器のような肌に、黒く潤(うるお)いのある少しきつめの目がよく似合っていた。

　やはり、お武家様の娘は美しい。

　弥太は心から嘆息していた。長屋に住んでいるからにはどうせ浪人の娘だろうが、貧しくとも生来(せいらい)備わった品性が娘の身体の隅々にまで往(ゆ)き渡っていて、とても弥太には声さえかけられる勇気がでない。水呑み百姓の四男と武家の娘では、まったく釣り合いがとれない。

「矢島の娘で多美と申します。先日はわざわざお立ち寄り下さいましたのに、留守を致しておりまして、申し訳ございません」

娘は深々と頭を下げた。水桶に張られた水は少しも揺れずにいた。

だが、矢島、という名を聞いたときから、弥太は、はてな、と首を傾げていた。あの矢島かと思っていたからだ。

「お気になされないように。お父上から充分にもてなしを受けました故」

若侍は弥太に向かうときとはまったく違った武家言葉になって受け応えをしている。

「お父上からの使いを受けまして参りました。お父上はご在宅かな」

「はい。わざわざお越し頂き、心苦しく思っております。用事がありますれば、こちらから出かけて参りますのが道理。ですが、父はあのように……」

「やあ奥山殿」

黄ばんだ紙の貼られた戸が内側からがらりと開けられ、娘の父親らしい男が現れた。その顔を見るなり、やはり、と弥太は唸った。浅草奥山で手裏剣打の大道芸をしていた矢島平四郎だったからだ。二人はいつの間にか懇意になったようだ。

「遠い所をご足労でござった。さ、さ、さ、むさいところであるが、どうぞ入って下され」

矢島は若侍の背中に片手をあてて土間に招き入れた。二人が家の中に入ると、娘が最後に入って戸を閉めた。そのとき、周囲をさっと窺う視線に鋭いものがあるのを弥太は見逃さなかった。

見られたかな。それにしても、浪人の娘とはいえ、さすが武家の出だ。身のこなしが違うわい。

そう胸の内で呟きながら、弥太は木戸を開けて長屋の路地に入り込んだ。二人の浪人者が、自分を差し置いて儲け話の密談でもするのではないかと勘を走らせたからである。

その思いは当たったようだった。

こちらは奥山右京之介殿とおっしゃる、と矢島が娘に言い、若侍がそれに応えて手みやげの酒と平目を差し出したらしく、矢島が、これはかたじけない、ごちそうごちそう、などともっともらしく喜んだあとで、じつは、貴殿に折入って頼みがござる、と声をひそめて語りだしたからだ。

――わしの碁仲間で片岡政右衛門助直というご仁がおる。もとは徒頭をしておって百五十石の直参（じきさん）であったが、今は跡目を息子に譲っておってな、名も甚円（じんえん）と改めて隠居の身になっておる。頼みごとというのは、この人の娘のことだ。いや、娘の無念をどうにか晴らしてやりたいと甚円殿から相談されたことなのだ。

そこまで話した矢島は、急に語調を改めて、やあ、まずは一献（いっこん）、と大声でいった。どうやら若侍が持参した酒が、肴（さかな）と一緒に出されたものらしい。

声が跡絶（とだ）えた。弥太は戸口の隅で身を縮めて盗み聞きしながら、酒を呑んでいやがるな、と思っていた。二人がうまそうに喉越しに清酒をあおる姿を想像して喉を鳴らした。おれっちも呑みてえ、と腹の底から表に出さずに叫んだ。

――して、その甚円殿のご無念とは、どのようなものでしょうか。

――むむ、それがだ……。

盃（さかずき）の酒を呑み干したらしい矢島の口から、舌のはねる音が響いた。

――甚円殿の娘御は昨年秋、幕府勘定方（かんじょうがた）に勤める鳥居庄次郎（とりいしょうじろう）という直参の許（もと）に嫁（とつ）いだのだ。名をタエといって、評判の器量良しであったそうだ。

――であった？

――さよう。タエという嫁は十日前に短刀で自らの喉を突いて自害したのだ。

――ふむ。

膳に盃を置く音が戸の外まで響いてきた。若侍は箸を使って煮物を食っているらしい。

——その自害の理由というのは、不義が発覚したためらしい。

——不義？　つまり、不倫の恋というやつですか？

——さよう……？　……。しかし、世間一般でいう不義密通とはいささか異なる。そのことの詮索はいずれいたさねばなるまいが、まずは話を先に進めよう。不義の疑いありと知った鳥居の姑はきびしくタエ殿を問いつめ、その口から密通の事実ありと白状させるや、下城してきた息子の庄次郎にさっそくその事を告げ、即刻離縁を申し渡すように詰め寄ったのだ。庄次郎は動転して何を致してよいか分からずおろおろするばかり。さっそく鳥居の親戚の者が駆けつけ、その報せはタエ殿の実家の片岡家にももたらされ、兄で跡目をついだ半右衛門は着替えもそこそこに鳥居家に駆けつけ、その日の内に離縁がきまるというあわただしさであったそうだ。タエ殿が自害致したのは、その直後であったという。父親である甚円殿は、それは抗議の憤死であると申しておる。

——抗議？　とすると、タエ殿が不義を働いたというのは捏造であったということですか？

——それが不義には違いないが、狼藉を受けた上の無理強いであったそうな。

——だれに無理強いを受けたのですか？

——夫鳥居庄次郎がかつて儒書の素読塾に通っていた十二、三歳の頃、隣で机を並べていた学友であったという。

——……。

——服部善十郎といって、名前に似合わぬ不逞の輩だ。その日タエ殿は、実家に用事があると姑に偽りをいって下女一人を伴ってこの男の家に出かけたそうなのだ。

——それはまた何故？

——借金を頼みに行ったのだ。

——それは解せませぬ。不逞な輩と知っていて何故タエ殿は無心になどいったのでしょう。借金となれば夫が札差に頼むのが筋でしょう。

——タエ殿は生け花を習っておってな。その教室で仲良かった娘御が善十郎の許に嫁いでおったのだ。タエ殿は善十郎の嫁となったその女に会いにいったのだ。

——なるほど。

——しかし、その嫁は大の乱暴にあきれてすでに実家に戻ったあとだった。何も知らぬタエ殿はやすやすと毒蛇の餌食になってしまったという次第だ。

——それが発覚したわけは？

——家に戻ってきた時の嫁の態度に姑が不審を感じ、嫁についていった小女を厳しく問い詰めたというのが発端らしい。小女は出来事の一部始終を聞いておったのだ。

——なるほど。女を捨ててしまった女の勘ほど恐ろしいものはないということですな。

うーむ。と弥太は唸って戸口の陰で腕を組んだ。

儲け話と思ったが、こいつはチト話がこみ入り過ぎている。それにお武家様のもめごとでは、町人のおれっちの出る幕なんぞありやしない。

そう思っていると、いきなり一軒置いた家の戸口が開かれて、涎かけを首から吊るした三、四歳の幼児が走り出てきた。

「こら、ヨネ吉、お待ち！」

すぐに職人の女房らしい女が叫び声をあげて幼児を追いかけていく。

ドタッ。

音をたてて幼児が前のめりに倒れたのは、丁度弥太の潜んでいる真後だった。つぎはぎのあたった木綿の着物を着た女は、幼児を抱え起こすなり、泥も払わずにその尻を打ちすえた。

「ぶえーん」

小汚い顔をした幼児は勢いよく泣き声をあげだした。弥太は人を待っている様子をとりつくろって、尻をはしょって戸の脇に屈み込んでいる。

「まったく手くせの悪い子だよ。そんなこっちゃ、大人になったら巾着切りになっちまうよ」

女は幼児の泣き声に負けない程の大声を張り上げて家に戻っていく。

弥太はぎょっとして顔を上げた。そのとき、うさんくさげにこちらを見ている女と目が合った。

へっへ。

声には出さず、自分ではほれぼれするくらいのかわいい笑顔をこさえて女に目くばせを送った。その笑い顔は女泣かせだよ、と深川の小料理屋で下働きをしているおスミばあさんがいってくれたものだ。

フン。

女は鼻先で弥太の視線を払って家の中に入っていった。

まったく、よく似た親子だぜ。あれじゃあ、大人になっても嫁の来てはねえな。

幼児の行末を案じてから矢島の家の中に耳をすますと、とたんに裏庭を突き抜けてがなりたてる女のドラ声が響いてきた。

――矢島さまあ！　鯰（なまず）が人に化（ば）けたようなやつがお宅の様子を窺ってますよお！

「げっ」

思わず呻き声を出した弥太は次の瞬間息をとめて尻餅をついた。

戸を突き破って、弥太の鼻先一寸（いっすん）のところに白刃（はくじん）が斬（き）り出されてきたからだ。

「ほほう、鯰汁を食いそこなったか」

戸口から顔を出したのは若侍だった。

「わ、若様あ！　あっしを殺す気ですかい」

弥太は一度に吹き出た冷や汗を拭いながら嘆息した。本当に死ぬかと思ったのだ。

「まあ丁度よい。弥太公も中へ入って矢島殿の話を聞いていなさい」

若侍はのほほんとした顔でいって顔を引っ込めた。

弥太は立ち上がって尻についた泥を払ってから胸に手を当てた。心臓が小太鼓(こだいこ)のごとく脈打っている。寿命(じゅみょう)が確実に三年縮まった。そう思っていた。

二

「ほう、弥太か。よくここが分かったな」

目の周囲をほんのりと赤く染めた矢島は上機嫌にいって、弥太をしげしげと眺めた。

「わたしの後をつけてきたのです」

若侍が薄笑いを浮かべて盃を口に運んだ。弥太は目を剝(む)いた。

「し、知っていたんですかい？」

「ああ。おまえが卑(いや)しい目で加賀絹(かがぎぬ)を着た娘さんの胸元を見つめているときから分かっていた」

「加賀絹の……」

大店の箱入り娘と踏んだその娘のことははっきり覚えている。その娘を目にとめたのは、若侍を見つけた四半刻(とき)（三十分）程前のことだった。

「知っていたのならどうしてひと声かけて下さらなかったんでやんすか？　水臭いじゃありませんか」

照れ隠しに手拭いで鼻を拭って草履を脱ぎ、上がり框に右足をかけた。そのとき、すうっと脇差しが伸びてきて、弥太の脛をコツンと叩いた。たいして力を入れたとは思えないのに、とび上がる程痛かった。

「あっつう！」

「おまえのような不埒な輩と知り合いだと思われては、養子の口などとても見つかりそうもないからな」

そうすまし顔でいってから、再び鐺で弥太の向こう脛を叩いた。

「おまえは上がってきてはいかん。土間で立っておれ。汚い足を見せられるとせっかくの酒がまずくなる」

「そんな冷てえこといわね……」

そこまでいったとき、襖が静かに開かれ、多美が膳を持って入ってきた。それを若侍の隣の席に置き、両手をつくと弥太に向かって丁寧に頭を下げた。

「ようこそお越し下さいました。なにもお構いできませぬが、どうぞお上がり下さいませ」

「そ、そういわれやしても……」

弥太は首を叩いて上体をぐにゃりとさせた。多美の強く美しい瞳が、矢のように自分に向かって伸びてきて、腹の底まで赤くなってしまったのだ。

「多美どの。放っておかれなさい。その者は巾着切りだ。目をかけるとますます増長（ぞうちょう）し、あなたの懐中にまで手を伸ばしてきますぞ」

口調を改めて若侍が多美にそういった。まあ、さようなことは、といった多美の手が、自分の胸元を押さえている。

このやろう、と憎らし気に若侍を睨みつけると「これを」といって若侍は湯呑みを一つ差し出してきた。

「その者に与えて下さい」

はい、と返事をした多美は素直に湯呑みを弥太の前に置いた。すると、とっくりをつかんだ若侍の腕が伸びてきて、酒を湯呑みに注ぎだした。トクトクといい音がする。

「さ、これを呑みなさい」

急にやさしい顔になって弥太を見ている。泣ける、このわけの分からない裏表の人柄に、おれっちは泣ける。弥太は大喜びで湯呑みを手に取り、震える舌を突き出して一口呑んだ。

「？」

きょとんとして若侍を見返したが、若侍はもう矢島との話に戻っていて、「さすれば……」なんぞと喋り出している。

「その自害したタエ殿の無念を晴らしたいという片岡殿の頼みというのは、タエ殿に狼藉を働いた服部某とか申す者を、闇討ちせよということですか？」

矢島はむつかしい顔をして腕を組んだ。

「いや、闇討ちなど頼んできたわけではない。そんなことを頼まれてもわしだって困る。甚円殿はいかにしてか奉行所に届けを出し、仇討ちの許しを得て服部善十郎を討ち果たし、娘御の汚名をそそいでやりたいと念じておるのだ」

「仇討ちの許しですか。うむ、いや、それはむつかしい。名目は娘の仇を討つということになるのでしょうが、それまでのいきさつを立証するのは大変でしょう」

「さよう。それに仇討ち、敵討ちというものがこの世に存在するということさえ世人は忘れておる。まして直参徒頭を勤めた者が娘のために仇討ちをしたいなどといい出しても果たして目付も聞き入れてくれるかどうか」

「しかし、そのお方はやる気なのでしょう」

「そう、やる気なのだ。そこでわしに……」

あのう、と弥太は恐る恐る声を出した。二人の顔が弥太に向けられた。なんの用だ、という顔をしている。

弥太は湯吞みを両手で持って、とってきの笑顔を二人に向けて口を開いた。

「お話し中申し訳ございやせんが、この湯吞みに入れていただいたやつですが、あっしには、ただの水に思えますんですが」

「ただの水だ」

「へっ？」

若侍に向かって弥太は口をあんぐりと開いた。

「しかし、それじゃあ……」

「ただがいやなら銭を払ったらいいだろう」

にこりともしないで若侍はいう。冗談だか本気なのだか見当がつかない。

「しかしそれじゃあ、あんまりってもん……」

「鯰に酒は無用だ」

そういい捨てて若侍は矢島に顔を向けた。弥太は啞然として立ち尽くした。多美が顔を伏せ、たまりかねたように袖で頬を隠してくすくすと笑い出した。そのまま隣の部屋に戻ってしまった。

ば、ばかにすんじゃねえ。

弥太は腹の中で啖呵を切った。だが、ばかにされているどころかコケにもされていると気が付いて、とたんに怒る気がしなくなった。ただただ、情けなくなったのだった。

「甚円殿はわしに助太刀を頼まれたのだ。無論、仇討ちのお許しが出た場合のことだが……」

矢島は腕を解いて盃に酒を注いだ。そして、弥太にチラリと一瞥をくれてからうまそうに呑んだ。

「息子の半右衛門は気弱な上にまったく剣術がだめなのだ。それにもしものことがあったら家名は跡絶えてしまう。それを恐れておるのだ」

「つまり、浪人者ならたとえ死んでも憂いを残すことはないと……」

「さよう。ハハ、勝手なものでござるな。だが甚円殿は助太刀料として十五両用意しておられるとのことじゃ」

「ほほう」

若侍はのんびりと感心している。

「百五十石五人扶持の御家人、しかも隠居の身でどうしてそれだけの金子が用意できるか、ご不審でござろう」

矢島はニヤリとして若侍を見つめた。ご不審ご不審と弥太は腹の中で吠えたてた。貧乏旗本の中には傘張りなどの内職で生計を立てている者がいるくらいなのだ。

「じつは、亡くなったタエ殿が鳥居のもとへ嫁いだ折に持参した土産金が返ってくるからなのじゃ。その金子が十五両。それを娘の弔い合戦のために全て使うのだと甚円殿はいわれるのだ」

「美しいお話でげすなあ」

思わず弥太は口を出した。ジロリ、と若侍が睨み返してきた。弥太は目を伏せた。

「それだけの助太刀料を用意するということは、敵の服部という輩は相当な遣い手なのでしょうな」

「そう聞いておる。身を持ち崩して悪い連中と付き合い始めたため、親戚一同協議してその者を病弱を理由に廃嫡にし、次男に相続させたということだ。しかし、この男、神道無念流をよくし皆伝の腕前、人を斬ったこともあるという無頼の輩だ」

「その他に仇討ちとなると返り討ちを狙って悪い仲間がこぞって手を貸しにくるというわけですね」

若侍はそういって静かに酒を呑んだ。口元に含み笑いが漂っている。だが、矢島は若侍の表情には気付かず、小むつかしい顔をして腕を組んだ。

「そうなのだ。およそ、四、五人の者がいつでもつるんでいるらしい。こやつらは高利貸やあくどい札差の用心棒となって銭を稼いでおるそうだ。実入りがいいので、あちこちの料亭で羽ぶりをきかせているらしい」

「そういう連中なら腕は鈍っているでしょう」

「ところが……」

矢島は腕組みを解いて自分の頭の後を叩いた。パチン、と小気味いい音が四畳半の茶の間に響いた。

「……この者らの一人に本所荒井町で柳剛流の町道場を開いている熊谷某という者がおってな、この熊谷が滅法強く、師匠の岡田総右衛門も一目を置く存在だそうだ。やくざ剣法と蔑まれていても、生半可なことでは、この熊谷を倒すことはできないらしい」

「柳剛流ですか？」

「知らんか？」

「知りませんね。少なくとも、西国では聞いたことがありません」

「ほう。おぬしは西国の出か？」

矢島は目を見張らせて若侍を窺った。若侍は口を閉ざし、そ知らぬ顔で酒を呑んでいる。素性を詮索してはならぬと気付いた矢島は、もとのようにむつかしい顔になって右膝を揺すり出した。

「じつはわしもよく知らんのだが、なんでも断脚の太刀筋が特徴であるらしい」

「断脚ですか？」

若侍は不思議そうな顔をした。

「さよう。つまり、脛切りだ。これが大変な威力を発揮するそうだ。服部らは用心棒の仕事がないときは、この熊谷の道場に集まってごろごろしているらしい。他に、念流、甲源一刀流、霞新流らの剣術を修めた者がいるということだ。みな、目録以上の腕前だそうだ」

矢島はひと通り説明を終えてほっとしたのか、とりあえず煮物に箸をつけだした。されば、と若侍は口を開いた。

「その者らと立ち会うのは片岡甚円と申されるご老人とお手前とわたしの三人だけということになるのですか」

「わたくしも加勢させて頂きます」

そういったのは多美だった。襖を開いて伸ばした指を畳に突き立てるようにして身構えている。長い睫毛の奥に潜む双眸が青く光った。それが多美をいっそう美しいものに見せていた。

う、美しい……。弥太は土間で痺れていた。

「多美殿が?」

若侍はやっと声を出した。矢島が笑った。

「奥山殿、安心してくれ。こうみえても、娘は小太刀の名人なのじゃ」

「しかし、女子となりますと、やはり足手まといに……」

「お試しになりますか?」

顔を伏せ気味にしていた多美は、眼尻を吊り上げて若侍を見つめた。背筋が伸び、柔らかく膝に両手を置いた姿には、一分の隙も見出せない。

しょ、処女だろうか、と弥太は思った。胸の中を涎が垂れた。

「いや、ただ……」

若侍は多美の気合いに息を呑まれて自信なさ気に視線を畳に落とした。

「わたくしのことならご懸念には及びません。その者たち、日頃より婦女子に対して不埒な振る舞いを致していると聞き及んでおりまする。同じ女として許しがたいものがございます。その上、鞘を朱に染めて赤鞘組などと称して辻々を徒党を組んで練り歩き、大店に押し入っては強力を働くこともあるとか。このような機会に是非わたくしも一太刀なりと、その者たちに浴びせとうござりまする」

まだ十八、九歳と見える多美は、若侍に向かって臆する所なく堂々と弁じた。

その顔とリンとした声に聞きほれていた弥太は、赤鞘組と多美がいったことを思い出して、あっ、と叫んだ。

「そいつらなら知っていますぜ。柳橋の『つたや』ってえ小料理屋を根城にして、毎晩あの界隈で呑み歩いちゃあ乱暴を働いていますぜ」

勢い込んでいって、弥太は湯呑みに残っていた水を呑み干した。やはり、まずかった。

「仇討ちだけでなく、どうやら、ドブさらいをした方がよさそうな連中ですね」

そういって若侍は立ち上がった。髷が天井に届きそうになっている。

「どれ、弥太公、その『つたや』とやらを覗いてみるか」

若侍は背中を丸めて弥太に目を向けた。

「これからですかい？」

「そうだ。ぶらぶらといってみよう」

「それはいいですが、あっしは先程若様が、女子に渡すらしいみやげを買っているところを拝見したんでやんすがね」

ニタッ、としていった弥太の言葉を聞いて、そうであった、と若侍は気取った言い回しをして懐中から白粉と髪油を取り出し、多美の前に差し出した。

「どうぞ」

「……？」

「お気に召さなければどなたかに差し上げて下さい。香りが合わないこともあるでしょうから」

「あたくしに？」

「そうです。矢島殿には美しい娘御がおられると聞いておりましたので」

とたんに多美の顔が朱に染った。耳朶まで色づき、頬に両手をあてた仕種(しぐさ)は町娘のようにあどけなく生々(なまなま)しいものがあった。

「ありがとう存じます」

多美はそっと手を差し出して白粉と髪油を受け取った。それから若侍を窺うようにしたが、若侍の視線がまだ自分に注がれているのを知って首を竦めて俯いた。

「では、わしもご一緒しよう」

たまりかねたように父親の矢島がそういって立ち上がった。

三

長屋を出た三人は、大川端まで出ると、手前の路地を右に折れて北に向かってゆっくりと歩き出した。

西に傾いた太陽が斜め後から射し、三人の影が黒い土の上に長く伸びて揺れている。

右手には野原が広がり、小大名の下屋敷としもた屋風の家が所々に点在している。野原を越えると町屋がある。建築中の家もあり、大工のたてる木槌の音が赤みの増した高い空に当たってはね返ってくる。

左手は広大な御船蔵になっている。大小様々な船が繋留されていて、修繕の必要な船には船大工が張りつくようにして補修個所を点検している。

堺から米を運んできた千石船が一艘、陸に上げられて、若いふんどし姿の男たちが船底にこびりついた貝や藻をけずり落とす作業に従事している。

大川から吹いてくる風が、その御船蔵を越えて三人の顔にかかってくるので、船が運んできた海の香りも、風の中に混じって感じられた。

十五両かあ。もしコトがうまく運んだとして、いってえその内のいくらがおらっちの取り分になるんだろう。

若侍から一歩遅れて歩きながら弥太は懐勘定していた。

矢島の旦那と若侍が五両ずつ、残りをおらっちと多美様とで分けるつうのはどうだろう。名案じゃねえか。

捕らぬ狸のなんとやらを重々承知の上で弥太は一人でほくそ笑んだ。

それにたとえ助太刀が失敗に終ったとしても、町人の弥太が傷を負う心配は少しもなく、先に助っ人代さえもらっておけば、ただ働きになることもない。

まあ、命を賭ける旦那方には気の毒だが、これも武士の宿命だな。

と、虫のいいことを考えながら竪川にかかっている一ッ目橋を渡りだすと、ふいに前を歩いていた若侍が「いかんな」と呟いた。

「矢島殿、この一件では仇討ちの免状は出ないでしょう。父が子の敵を討つということは許されていないはずです」

「うむ。わしもそれを考えておったところだ。片岡殿の悔しさは分かるが、このままでは逆敵討ちということに相なってしまうであろうからな」

「となると、それがしらも死刑、もしくは喧嘩の騒ぎに加担することになりますな」

「うむ。それはいかんな。片岡殿のところへも、あとでどのようなおとがめがくるやも知れん。どのようにいたしたらよかろう」

「やはり……」

「やはり？」

「自害されたタエ殿の夫、鳥居庄次郎その人をひっぱり出すしかないでしょう」

「鳥居を……さすれば、妻を死に追いやった敵を討つという名目がたつというわけですな」

「そうです。だが服部某に不埒な行為があったと立証するのはむつかしいでしょう。そこまでことを煩雑にしなくても……」

若侍の足は両国橋に向けられた。

荷を積んだ馬が口から泡をとばして二人の浪人を追い抜いていく。反対側からやってきた町駕籠が走り去った後には黄色い土埃が立ち、風にすくわれて上空に巻き上がっていった。

「……密通相手の姦夫を討つのだと、鳥居にそれぞれの奉行所に届けを出させれば済むことです」

「つまり妻敵討ちか」

「さようです」

「久しく聞いたことのない言葉であったな。しかし、鳥居が妻敵討ちを果たして決断するであろうか。江戸詰の藩士ならともかく、勘定方に勤める幕臣が妻敵討ちをしたという話など聞いたためしがないぞ。しかも、鳥居家にしてみれば、今度の一件はすでに落着してしまったものなのだ」

「鳥居家にとってはそうでしょう。しかし、鳥居本人を引っぱり出さなくては、片岡殿の無念、タエ殿の汚名は晴らすことができないでしょう」

「はて、どうしたらきゃつを引っぱり出すことができるかの」

「…………」

二人の話を聞きながら、弥太も少ない脳味噌をしぼっていると、どんと誰かの身体にぶつかった。顔を上げると橋の真ん中で立ち止まった若侍が、昼間と同じように無言で河口の方を眺めている。

醤油樽(しょうゆだる)を積んだ大八車の男が「おうおう邪魔だ、立ち止まるんじゃねえ」と怒鳴って往き過ぎても、若侍は睫毛一つ動かさずに、はるか彼方を見つめている。

矢島も若侍の見つめる方角に目を向けた。

「どうかされたか？」

矢島が声をかけたが若侍は返答をしない。突然魂がどこかに飛んでいってしまい、脱(ぬ)け殻(がら)だけがここに残っているような印象がある。

「ほう、富士が燃えているようだのう」

夕陽が山の端にかかり、青黒く突出した富士の片側は朱に染まっている。頂(いただき)にはまだ雪が残り、そこだけ銀の冠(かんむり)を被ったように神々(こうごう)しく輝いている。

鳥が編隊を組んで西方に飛んでいく。黒い屋根板の続いた町屋が荘厳な空の下に静まり返っている。

見つめている若侍の顔が朱に染まった。瞳が潤み、涙が滲み出たようにさえ弥太には思えた。

「奥山殿、いかがなされた」

矢島の声に、若侍は初めて我に返ったように目をしばたたいた。

「いや、失礼致した」

夢でも見ていたように軽く頭を振り、息を大きく一つ吐いて若侍は歩き出した。

「昼間も新大橋の上からじっと下の方を眺めていやしたね」

弥太が後から回り込んで若侍を見上げていった。

「なにか、持病でもお持ちなのかな」

矢島が見当違いな質問を口にしたが、若侍はいやといったまま、まだぼんやりとした顔で空の一点を見つめている。

「時々、妙なものが目に映るのです」

若侍がそう口を開いたのは両国橋を渡り終えて、人通りでごったがえす町屋の方に足を向けた時だった。

「とてつもなく大きな白い鳥が羽根を動かすことなく、恐ろしい程の速さで飛んでいったり、白壁の城のような建物が、日本橋界隈の空中に城壁を並べて聳えていたりするのです」

「へっ？」

「それにわたしの口から、自分ではそれと気付かぬ内に、妙な言葉がとび出すこともある。どうやらわたしは異次元の世界に住まいしていたことがあるようなのです」

若侍が突然妙なことを口走ったので、矢島も弥太も口を開いて若侍の顔を見つめた。

「……………」

頭を振り、若侍は二人を見返し、薄く笑った。

「いや、もう大丈夫。今いったことは忘れて下さい」

そういうなり、若侍はさっさと先に立って柳橋を渡りだした。弥太は矢島と顔を見合わせ、お互いに間の抜けた表情でぶっ立っているのを確認し合って、そそくさと若侍の後を追った。

「ほほう、やはり柳橋には風情（ふぜい）がある」

そういってあたりを眺めた若侍の顔には、鋭いまでの張りが戻っている。

神田川の河岸には、船宿に混じって白玉（しらたま）を売る店や甘酒屋などの小体（こてい）な店が並んでいる。

大川端には料亭が軒を並べ、町屋に入ると木綿の布ぎれや足袋（たび）を扱うそれ程大きくはない問屋が密集している。

高級な料亭の前には、大藩の留守居役が乗ってきたらしい駕籠が置かれ、裕福そうな商人が、下男を伴ってやってきて、自分だけ暖簾をくぐって中に入っていく。

江戸詰の田舎武士の姿も小路にちょろちょろしているが、料亭に入る者はおらず、みな物珍し気に水を打った石畳の奥を眺めている。たまにあでやかに着飾った芸者が前を通り過ぎると、顎を突き出して、図々しく舐めるように眺めている。

連中の懐中には屑銭しか入っていないのを知っているので、弥太は目もくれずに歩いていく。ことに、今夕は分け前をもらうためにひと働きしなくてはならないので余計な色気は禁物だった。

矢島と若侍を置いて「つたや」までひとっ走りして例の輩が来ていないか尋ねてみたが、今日はまだ姿を現していないという。

それで三人連れ立って、小半刻ほど下平右衛門町界隈を練り歩き、もう一度柳橋に通じる小路に出たところで、弥太はあわてて足を止めた。

「いやした」

あわてて矢島と若侍の胸に両手をあてて押し戻した。

服部善十郎とその取り巻きと思われる三人連れは、神田川河岸を浅草橋御門の方から下ってくる。一瞬のことで三人の顔ははっきりとは確かめられなかったが、右端の浪人のぶっさき羽織から朱色の鞘が突き出ていたのは間違いなく目にとめた。

「ど、どうしやすか」

「ふむ。どれどれ」

矢島が弥太の手を払いのけて黒塀の陰から目を覗かせた。

「どれどれ」

若侍も矢島の頭の後から顔を出した。

「ちょ、ちょっと、見つかったらヤバイでやんすよ」

弥太は二人の背中を叩いた。そのとき矢島の着ている着物から埃が立ち昇ったように弥太には見えた。貧しい……あまりに貧し過ぎる。

多美の整った顔立ちを思い起こして涙を流しそうになったとき、二人は上体を戻してきて、ふむ、と異口同音に呟いた。

「なかなか遣えそうなやつらですな」

若侍が気楽な調子でいった。

「用心棒稼業が身についておる。実戦を積んだ手練と見た」

「服部某というのは真ん中の男でしょう。悪童がそのまま大人になった顔をしていますな」

「それになかなかの男ぶりだ。あれでは女子がコロリといかされても文句はいえん」

「女敵は討つ方が憎体のつら、チントンシャン、ということですな」

二人はのどかなことを言い合っている。

「ところで、どうしたものかな、奥山殿」

矢島が真面目な表情に戻っていった。

「まず挨拶をしましょう。弥太公、わたしが合図をしたらぶつかってくるのだ。よいな。では」

そういうなり、ろくな説明もせずに、若侍は黒塀の陰から身を翻して河岸に出た。どれ、と呟いて矢島も若侍についていく。若侍はいったん柳橋の方まで足早に歩いていき、十間ほどいってからくるりと振り返り、遅れてきた矢島と正面から顔を合わせると、やあ、と明るい声を出した。

弥太はわけの分からないまま二人の方に視線を注いでいた。二人は挟み撃ちをする形で、赤鞘組の三人に向かってゆっくりと歩き出した。

赤鞘組は声高（こわだか）に喋っている。肩を怒らせ我がもの顔に歩く姿はこの世にこわいものなしといった態度である。

二組の浪人同士の距離が五、六間に近づいた。そのとき、若侍が弥太に向かって首を傾げた。合図だ。だがどういう筋書きになっているのか見当がつかない。

えーい、ままよ、とばかり弥太は黒塀の陰からとび出し、勢いよく若侍にぶつかっていった。

四

「無礼者！」

若侍は一喝するなり、右肩を下げて弥太の胸を強く突き上げた。

「わっ！」

衝撃で弥太の小太りの身体は独楽（こま）のように回転して、前から来た三人の浪人の中に飛び込んでいった。

「たわけ！」

真ん中にいた瘦せて背丈のある浪人は、弥太がぶつかる寸前で身を翻し、弥太の背中に向けて見事な抜き討ちを放った。

「げげえっ！」

黒豚が大八車の下敷きになったような不細工なわめき声を発した弥太は、帯が断ち斬られ着ていた着物が縦に割れ、背中が剝き出しにされたことに気付くと、へなへなとその場に坐り込んだ。

抜刀した浪人は速やかに刀を鞘の中に納め、若侍と矢島の方に向き直った。

「いかがされた？」

鋭い目が二人を射抜いた。あたりには夕闇が迫り、料理屋の店先には灯をともすところも出ていたが、瘦せ浪人の眼光は爛々たる光に満ちている。

「いやあ……」

そう口を開いた矢島は苦笑しながら自らの首筋を叩いた。

「目にもとまらぬ太刀さばき、一寸を見切って肉を斬らずに布切れを断つ間合いの絶妙さ、まさに神技でござるな」

「いかがされたと訊いておる」

瘦せ浪人は矢島の言葉には一切取り合わずに、無感情に問い直してきた。

「いや、それが……」

やりにくい、という表情で矢島は若侍を見返した。されば、と若侍はもったいぶった様子で口を開いた。

「その者がそれがしの懐中のものを狙ってぶつかってきたように思えたので弾き返した次第。御手前方には何の意趣もござらん」

「ほう、こやつがおぬしの懐のものを……」

痩せ浪人はへたり込んでいる弥太をジロリと見つめた。赤い目が弥太をとらえた。弥太の背中を冷たいものが走った。

「ではこやつを据え物切りの試し討ちにしようが当方の勝手というわけでござるな」

「ご随意に」

若侍は矢島を促して三人の浪人の前を離れようとした。

殺される、と思った弥太は思いっきり悲鳴をあげてわめいた。

「若様あ！　そりゃないよ！」

浪人たちの眉が吊り上がった。右端にいた肩幅の広い色黒の浪人がす早く若侍の前に立ち塞がった。上背はそれほどないが、腰を下ろして身構えた柔軟な足の運

び は、相当な修行を積んだ者だと推察できた。

真ん中の浪人が半歩寄って若侍を睨んだ。

「ほう、若様とな」

荒んだ笑みが浪人の口元に漂った。凄惨なものが浪人の上体から漂っている。

いかん、この者は人を斬ったことがある、と矢島は思った。かつては幕臣であったという思い込みが、服部善十郎をもう少しまともな人物であるというように造り上げていたようだと悟った。

こやつは借金を頼みにきたかつての同輩の妻女を、無体にも犯して自害に追いやってしまった程の悪党なのだ。直参であった誇りなど、とうに吹きとんで、もはや、ただの無頼の徒にくち果てておるのだ。

「待たれい」

と矢島は服部と思われる痩せ浪人の前に進み出て片手を差し上げた。

「ご無礼の段はお詫び申す。実はご貴殿方の差しておられる刀の鞘が朱色なので、これはきっと熊谷殿のお仲間に違いないと思いましてな。かねてより柳剛流の熊谷殿の剣名は伺っており、丁度よい、その太刀筋を見るよい機会じゃ、と拙者は酒に浮かれてつい口をすべらせてしまいましたのじゃ。それでそこの……」

矢島は弥太に向かって顎を振り上げた。その目が何かを訴えている。

「……弥太と申す者が酔った勢いでひと芝居打ったという次第でござる。いやはや、なんともお恥しい次第。面目次第もござらん」

「次第」を三回いう矢島の顔が緊張のため強張っている。とっさに弥太は立ち上がり、斬られた着物の裾を手でつかんで駆け出した。

「おのれ！」

気付いた痩せ浪人が怒鳴ったが、弥太は一目散に小路に逃げ込んだ。矢島の目が、しきりにそうしろと訴えていたからだった。

助かった。

小路から小路へと入り込み、もう大丈夫だと判断して小料理屋の軒先から若侍たちのいる方に顔を覗かせた。

ただならぬ気配を察知した通行人が、浪人たちを遠巻きにして見守っている。

こりゃ、ひょっとすると……。

斬り合いになるかもしれねえ、と弥太は思い、自分の膝がガクガクと震えているのに気がついた。

五

三人の浪人者の身体から殺気が漂った。矢島はそっと足を引きずって一歩後退した。若侍は懐中に手を入れたまま、関心なさそうに三人を眺めている。その肝っ玉の太さに矢島は感嘆した。

「されば、おぬしらは、我らを赤鞘組と知っての上で狼藉を働いたわけでござるな」

左端にいてじっとこちらの様子を窺っていた薄気味の悪い浪人が、初めて口を開いた。

「いや、狼藉などとめっそうもござらん。それがしはただ……」

「ちょっとからかってみただけですよ」

とたんに明るい声を出していったのは若侍だった。矢島は仰天して若侍を見た。こやつ、阿呆か、と思った。

「よかろう」

右端の浪人が刀の鯉口を切った。

「わしが熊谷だ。わしの太刀筋を見たいというのなら見せてやろう」

「まあ待て」

真ん中の痩せ浪人が熊谷を制して若侍と向かい合った。

「おぬし、先程の巾着切りから若様と呼ばれていたが、いったい何家の若様なのかのう」

にやりとした浪人の鼻に縦皺が寄った。この男の居合をまともに受けたら、防ぐ手だてはないだろうと思いながら、矢島は男の口から臭ってくる酒臭い息を嗅いでいた。

「脇差しだけを帯びて遊び人を装うからには、さぞかし大藩のお方なのであろうな。ひとつ、ご姓名をお伺いしたい」

「その前にお三人方のお名前を聞かせて下さい」

左右の浪人は若侍の人を喰った態度にいきり立った。こやつ、といって左端の眉毛の薄い幽霊顔の浪人が刀の柄に手をかけた。まあよいが、と痩せ浪人は余裕のある笑みを浮かべて傍らの男を押しとどめた。

「わしの名は坂田敬之助。親の代からの浪人暮しでござる」

「ほう、わたしはてっきり服部という人かと思っていましたよ」

若侍はけれん味なくいってしまった。もう駄目だ、と矢島は思った。

「服部は拙者だ。おぬし、何故、拙者の名を知っておる」

左端の浪人が歯並びの悪い青白い顔を若侍に向けて詰め寄ってきた。この男が……、と矢島は唸った。姦夫は美男のヤサ男と、思い込んでいたのは大きな間違いだと気が付いた。

その思いは若侍も同じだと見えて、意外、といった表情を隠すことなく顔に露呈させて、無遠慮に服部を眺めている。

「返答せい。何故拙者の名を知っておる」

「あなたが服部某ですか」

「ボー？」

黒目を上目遣いにして一瞬考え込んだ服部は、視線を若侍の上に戻すなり、こやつ！　と声を張り上げ、肩を怒らせた。

「まあまあ」

若侍はそういって、ひょいと服部の肩を叩いた。

「……！」

服部の顔は石のように固くなった。やがて眉間に皺が寄り小粒の汗が額に滲み出した。

「わたしの姓は松平。名の儀はごかんべんいただきたい」

様子の変った服部を一向に気にするふうもなく、若侍は普通の調子でそういった。

「松平……」

坂田と名乗った痩せ浪人の顔が曇り、値踏みするような目付きになった。

傍らで、矢島はヘンな顔をして若侍を見上げている。

「松平といわれても多うござる。どなたか縁の方の御姓名を承りたいものでござる」

心なし坂田の口調が丁寧になった。服部は先程より多量の汗を顔中に吹き出して、低い呻き声を洩らしている。若侍に叩かれた右肩を押さえているのだが、何故汗をそんなに吹き出すようになったのか矢島には皆目見当がつかない。

「さよう……」

若侍は肩先に垂れていた柳の葉先をむしって口にくわえた。視線の先に、暮れていく空を飛び回る蝙蝠がいる。それで若侍の目玉がせわしく動いているのだと矢島は気が付いた。

「松平左京大夫頼淳というお方の名くらいは耳にしたことがあるでしょう」

「なんと松平頼淳様とな」

坂田は目を剥いた。細い頬骨の上に大きな目が現れたので蜻蛉(とんぼ)のような顔になった。

「するとおぬしは紀州(きしゅう)家紀伊大納言(きいだいなごん)様の縁者(えんじゃ)だと申すのか」

「ううう……」

坂田の驚きの言葉についで呻き声を出したのは服部善十郎である。相当ひどい顔になっている。

「坂田、騙(だま)されるでないぞ。将軍家縁(ゆかり)の者がかような身なりで柳橋界隈を徘徊すると思うておるのか。こやつは大かたり者だ」

熊谷は腰をおとし、刀の柄に手をやってにじり寄ってくる。

若侍は左腕を着物の懐に入れたまま、熊谷を眺め下ろしている。熊谷が抜刀すると、周囲を取り巻いていた町人の間から悲鳴が洩れた。

「ま、待て、早まるな。ここではまずいぞ」

坂田が制したが熊谷の身体からはすでにすさまじいまでの殺気が漂ってくる。

紀州徳川家の縁の者をかたったとなれば、たとえ成敗(せいばい)されても文句はいえない。

斬った方に大義名分はたつ。

熊谷の足の動きが止まった。切先は地面に接するところにある。夕暮の薄明かりの河岸に、刀の白さと、熊谷のギラついた目が不気味な輝きを放っている。

「どあっ！」

気合もろとも、熊谷の刀が下から斬り上げられた。若侍は動かない。

熊谷は刀を鞘に納めた。その音が鳴ると、若侍の着流しの着物の裾が一尺程めくれて垂れ下がった。

「柳剛流の剣筋、確かに見せてやったぞ」

「かたじけない」

若侍は静かに頭を下げた。

「では矢島氏、参るとしましょうか」

若侍は何事もなかった顔で歩き出した。その横顔を、坂田と熊谷が憮然と見送っている。背中を向けると、背後で、どうした、という声が起こった。

矢島が振り返ると、服部善十郎が右肩を下にして地面にのめり込むようにして倒れ込んでいくところだった。

「奥山殿、あの者をどうにかしたのか？」

若侍はちらりと後に顔を向け、それから、ああ、肩の骨がはずれたのですよ、と何でもないことのようにいった。

「肩の骨……はずした……しかし」

ちょっと肩に触れただけではなかったのか、という言葉を矢島は呑み込んだ。

おい弥太公、と突然若侍が野太い声でどこかの小料理屋の店先に向かって声をかけたからである。

「へえ」

浴衣(ゆかた)に着換えた弥太が、背中を丸めてとび出してきた。いったいどうしてこの者が潜んでいることが分かったのだろう、と矢島はいぶかしんだ。

「どこか適当な船宿に案内せえ。それから女将(おかみ)に筆と硯(すずり)を用意させろ。穴倉に隠れて出てこない臆病狢(むじな)を燻(いぶ)り出す算段が見つかったぞ」

「そいつあいい。合点(がってん)でがす」

弥太は一目散に灯のついた船宿めざして駆け出していった。矢島は気遅れした気分で若侍を振り仰いだ。気のせいか先程より若侍の背丈が伸びたような感じがしてならない。

「奥山殿、その算段とは？」

「まあ、面白いことになる。ハハハ」

若侍は乾いた声で笑った。そのとき、いつだったか「若様は悪だくみをすると口調が変る」といった弥太の言葉を思い出した矢島は、松平左京大夫云々(うんぬん)の話の真偽を問い質(ただ)す機会を永遠に失したことを悟ったのである。

六

「こ、これは……」

手にした瓦版(かわらばん)に目を落とした鳥居庄次郎の顔はみるみる内に青ざめ、指先は震えた。

直参に武士道なし
妻(め)敵討ちより家内安泰
貞操を奪われし妻女は見事自害
姦夫はのうのう、寝盗(ねと)られ侍は臆病風邪

「どうです、なかなかの出来映(できば)えでしょう」

若侍は朗(ほが)らかな声でいって鳥居を覗き込んだ。鳥居は声も出せずにただ震えて

いる。通された客間は六畳で、襖紙は古く黄ばみ、畳も所々すり切れている。部屋は真昼だというのに、黴臭い。

矢島は今にも崩れ落ちてきそうな煤けた天井を見上げながら、これが直参の生活か、と嘆息していた。

国にいるときの矢島の生活も貧しかったが、娘に内職をさせる程ではなかった。百二十石の扶持米の内三十石を藩に借り上げられてはいたが、与えられた組屋敷で親子三人つましく生活するには充分な額だった。それに自分たちが食するくらいの野菜は畑でとれたのである。

百俵三人扶持、支配勘定。

勘定方では下っ端のこの役職を得るために、鳥居庄次郎は何年も、「御勘定御入人吟味」と称される採用試験に通るために学問をし、首尾よく採用された今は、たかだか百俵の役高を守るために、自害した妻に離縁状を送りつけて、はた目には何事もなかったかのようにして、暗く陰気な生活を続けている。

しかも、先祖代々の借財がかさみ、恐らく俸禄の半分近くは札差への利息として支払わなくてはならない状態に追い込まれているはずだった。

「娘タエの嫁入りの道具をそろえるために、二年程、寝酒を絶って節約に努めたものでござる」

片岡甚円がそういっていた言葉を思い出し、矢島は再び嘆息した。

そもそも、鳥居家に嫁いできたタエが、あの日、実家に顔を出すと偽って服部善十郎のところへ借金の申し込みに行ったのは、夫鳥居庄次郎の妹の婚礼準備のためであったのだ。

相手方の要求する婚礼土産（みやげ）の持参金、十五両の内八両がどうしても工面（くめん）できず、タエが恥を忍んで義妹のために一肌脱ごうと決心した結果が不幸を招いてしまったのだ。

その鳥居の妹は、この客間に通される途中にあった湿った四畳の部屋で手内職をしていた。

廊下を歩きながら横を向いて偶然目にした光景だったが、それは矢島の胸に痛みを呼び起こした。

娘は色紙（いろがみ）を貼り合わせて紙財布を作っていた。矢島の視線に出会うとあわてて色紙を手元にかき集め、頬を朱に染めて恥ずかし気に頭を下げた。

色白の黒目の眩（まぶ）しい愛くるしい娘だった。あの娘も武家社会という堅苦しい世界の下で、いじましい掟（おきて）に縛られてひっそりと生きて生涯を終えるのかと思うと、矢島はいたたまれない気持になるのだった。少なくとも、娘の多美をそのような冷ややかで暗い境遇に突き落とさずにすんだようだと同時に思って安堵もしていた。

「どうです？　鳥居殿、ご感想はいかがであろうか」

右京之介は無慈悲なまでににこやかな表情で鳥居を責めたてている。

まだ三十前の鳥居の顔からすっかり血の気が失せている。これは、といった声が震えてなめらかに続かない。

「なかなかの出来映えでしょう」

「こ、これは、これは……」

鳥居は目を虚ろにして右京之介を見ている。その口から泡でも吹き出しそうな具合である。

無理もなかった。

鳥居が手にしている瓦版には見出しの他に絵が描かれていて、着物の裾をまくられて臀部を開かれた妻女が、その喉にいままさに短刀を突き立てようとしており、姦夫は委細構わず背後から陰茎を突き立てているのである。そして、その傍で氷嚢を頭に当てて打ち震えている幕臣の図が描かれていて、勘定方鳥居庄次郎、とご丁寧に姓名まで書かれているのであった。

「こ、これをどうなさろうというのです？」

震える唇から、ようやく言葉が吐き出された。

「江戸一帯に撒(ま)くのです」

右京之介は平然と答えた。

「そ、そのようなことを……そのようなことをされては末代(まつだい)までの恥。家名は断絶、我らは江戸では生きていけませぬ」

「ご心中(しんちゅう)、お察し申す」

右京之介はうやうやしく頭を下げた。鳥居は金魚のように口をパクパクと開いて矢島の方に顔を向けた。泣きベソをかいたようなくしゃくしゃの顔になっている。

「や、矢島殿、御慈悲を。なにとぞ、この瓦版を撒き散らすのだけはこらえて下され、なにとぞ」

「では、妻敵討ちの願いを届け出されるのが肝要かと存じます。さすれば、鳥居殿の武士道もたち、亡くなった奥方の無念も晴れるというものでござる」

矢島は鳥居から目をそらさずに一語一語を噛んで含めるようにしていった。

「およばずながら、それがしとここにおられる奥山殿が、助太刀を致す」

「助太刀……。だ、だが、服部には手強い仲間がいると聞いておる。それに、拙者は武道の心得が……」

青白い肌に小粒の汗が浮き出している。

「それでは、その瓦版を撒き散らかすまでですね。町人どもは大喜びでしょうな」

右京之介がさらに追い打ちをかけてそういったとき、襖が開かれ、平伏している老婆の姿が現れた。

「鳥居庄次郎の母にござりまする。不調法をお詫び申し上げまする」

そういって顔を起こすと、両膝を這わせて部屋に入り、庄次郎の手から瓦版を奪うと、じっと目を据えた。

「何を迷っておる。妻敵討ちを致しなされ」

「し、しかし、母上」

髷を切髪にした老婆は息子を打ち捨てて二人の客に向き直り、毅然たる態度でいった。

「及ばずながらこの婆もにっくき敵に一太刀などくれとうござりまする」

「されば、先鋒を務めていただきましょう」

間髪を容れずに右京之介が答えた。

「婆殿が見事返り討ちにあって斬死したとあれば我らに同情が集まるのは必定。敵とその悪党仲間を存分に斬り刻む大義が立ちましょう。それに、姑殿にいじめ抜かれて亡くなった鳥居殿のご妻女タエさんも、草葉の陰で喜ぶというものでござる」

右京之介の言葉に、老婆は啞然とした。その次に矢島は、立ち上がった右京之介を見上げる老婆が、鬼婆のような血みどろの表情で睨みつけるのを目にして、成程、と呟いた。右京之介の言葉は姑の胸を射抜いたようであった。

鳥居の家を辞した二人は、しばらくの間無言で静かな武家地を横網町の方に向かって歩いた。

「奥山殿にしては、珍しく厳しい追及でござったな」

矢島は平静を装って右京之介を横目で見上げた。仇討ちとなれば、双方に相当な怪我人が出ることが予測されるからだ。

右京之介は矢島を見つめ返した。その目に怒りが浮いていた。

「わたしはあんな男は嫌いだ。ずるくて、女々しくて、いつも他人の目を窺って生きている。悲しみ、悔しさを表すこともできず、陰気で嫉妬深い。あんな奴を見ると虫酸が走る。奴に百俵の米を差し出すために、百姓は日の出から夕暮まで泥水の中を這いずり回り、蛭に血を吸われ、水田を耕しているのだ。それをよしとする幕府が国政を牛耳るこんな国などいつか滅びる。あんな男の助太刀など本当はしたくない。斬られねばならないのは、服部ではなくあやつの方だ」

右京之介は立ち止まって矢島の目の奥を覗き込んできた。つられて見返した矢島は、その目が火花が走ったあとのように赤く染まり、濡れているのに気がついた。

泣いている。このちゃらんぽらんな、若様が泣いている。

矢島の胸の中に久しく忘れていた感傷的な苦汁が染み渡ってきた。

しかし、右京之介が次に口にした言葉は、ひどく現実的なことだった。

「仇討ち当日、矢島殿は坂田と申す浪人者を相手にして下さい。なあーに、初手の居合を防げればあとは簡単に料理できるはず」

「ご貴殿は柳剛流の遣い手、熊谷と立ち合われるというのか」

右京之介は頷いた。

「厳しい太刀筋だぞ。勝算は？」

「今のところ、全然ありません」

右京之介は胸を張り昂然（こうぜん）として周囲の樹木に目をやった。

「だが当日までには、名案が浮かぶでしょう。では、ごめん」

そういうなり背中を向けて立ち去っていった。その後姿を茫然と見送りながら、矢島は自分の頭の中が、支離滅裂になっているのを感じていた。

七

間口（まぐち）六間、奥行（おくゆき）十二間の広壮（こうそう）な道場の裏に地方の藩から剣術修行に来た藩士の住む寄宿舎がある。矢島が娘の多美を伴って下谷練塀（ねりべい）小路にある中西道場の門をくぐって寄宿舎の方に行くと、井戸の傍で右京之介が上半身裸になって身体を拭いていた。

右京之介は二人を見ると、これはこれはと朗らかにいって上衣をつけた。多美は頬を染めて俯いた。

「妻敵討ちにはもってこいのよい天気になりましたね」

「さよう、仇討ち日和（びより）でござる」

つられてそういってしまってから、この若侍に出会ってから、自分も相当のお気楽おじさんになってしまったわいと苦笑した。

「鳥居殿はどうされましたか」

「片岡甚円殿と弥太が、あやつに逃げられたら大変と見張っておる。我らより先にかの地に到着いたすでござろう」

ほう、では、参りましょう、といって右京之介は大小二本の刀を腰に差してのどかな顔で歩き出した。矢島は若侍の傍に寄り添って声をひそめた。

「熊谷への作戦はたち申したか？」

若侍はにっと笑った。

「それそれ。二尺の幅の端と端に二本の鉄の棒をおっ立て、そこにきゃつを誘い込むというのはどうでしょう」

「鉄棒？　おっ立てる？」

右京之介の明るい顔は変らない。矢島は反対に表情を曇らせた。

「ええ。敵は当然脛を狙って斬り上げてくる。そこで二本の鉄の棒の間に身体を潜り込ませれば、敵の刀はわたしの脛の替りに鉄棒を打ってしまってはじかれる。そこをすかさず打ちこむのです」

「そ、そんな愚（おろ）かな……」

だいいち、どうやって二尺の鉄の棒の間に敵を誘い込むのか。それに、仇討ちの最中に鉄の棒など立てている暇があるのか、と矢島は喘ぐように考えたが、とても思考はまとまらない。

若侍はさっさと道場の門を出ていく。その足が止まったのは誰かが呼びかけたからである。

矢島もつられて振り返った。追いかけてきたのは十五、六歳の剣士である。顔にまだ幼さは残るが肩幅は広く、筋肉も発達している。小田さん、と彼は若侍を呼んだ。

「やあ兵馬殿か。何かご用ですか」

小田とは何だ、と思いながら、兵馬と呼ばれたこの若い剣士が、いずれ四代目中西道場の当主になる人か、と矢島は知って頷いた。先代が急死し、やっと四十九日をすませたばかりで、まだ道場は混乱していると聞いていたが、この若者なら大丈夫だろうという感慨を持ったからだ。

「仇討ちの助太刀をされると聞き及んだのですが、本当ですか」

「ええ。これから向かうところです」

「これから……」

兵馬はさすがに目を見張った。

「わたしも同行させてもらえますか？」

「いいですよ。ただし、兵馬殿は手を出してはいけません」

あっさりといって若侍は神田川にかかる和泉橋を渡っていく。矢島と多美は小走りにその後を追った。

敵討ちの場所は、御竹蔵裏南本所石原町に近い荒地と決められていた。

矢島らが到着すると、すでに服部善十郎ら六人の浪人が殺気立って佇んでおり、白鉢巻き襷がけの鳥居と片岡老人を睨みつけていた。先鋒役を務めろと命じられた鳥居の母は、怖気づいたのか姿が見えなかったが、噂を聞きつけた町の者たちが五十人程遠巻きに眺めている。

「されば双方ともども、これは尋常なる敵討ち故、くれぐれも遺恨を残すこと無用……」

鳥居の上司という立会人が渋い顔で口を開いたとき、弥太がそっと忍び寄ってきてぶ厚い唇を尖らせた。

「矢島さま、あの片岡ってえ爺ィ、とんでもねえ食わせ者ですよ。十五両の金がまだ戻らねえからっていって、たった二両しか助太刀代を用意してねえんですぜ」

「な、な、なんと」

矢島が狼狽したとき、若侍がいきなり前に進み出て名乗りを上げた。

「拙者、松平……もとへ、小田……もとへ、奥山右京之介、義によって助太刀いたす」

叫ぶなり抜刀し、六人の浪人群の中に駆け込んでいった。

若侍に合わせて突進してきたのはやはり柳剛流の熊谷だった。二人の姿がすれ違う寸前、若侍は脇差しもろとも大刀を抜いて、二刀の切先を地面に突き立てた。

熊谷の鋭い剣が地面に刺さった大刀を打った。その刹那、若侍は小刀を地面から抜き様、熊谷の脇腹を斬り上げた。

血しぶきが吹き上がった。熊谷がどうと倒れたとき、若侍の姿は坂田の前にあった。その坂田の鋭い居合を二刀の刀で挟み撃つと、腰を下ろして脛を払った。坂田は悲鳴をあげて地面を転げ回った。瞬時の内に熊谷の技を盗んでいたのである。

「さあ、鳥居殿、討たれよ」

服部善十郎の喉元に切先を伸ばして、若侍は叫んだ。そのひと言で、鳥居と片岡老人をかばうように身構えていた矢島は、はっと我に返った。

「多美、行くぞ」

「はい」

小太刀を取って、娘の多美がけなげに駆け出した。矢島は荒地を蹴りたてて走った。服部を取り巻く浪人たちが動揺して腰を引くのが目に入った。

「若様あ！　天下無敵！」

そうわめく弥太の声が巻き上がった風を突き抜けて荒地に響き渡った。そして、次に放たれた弥太の口上を耳にして、この稼業から抜けられなくなったのを矢島は知った。

「さあさお立合い、敵の血潮を吹き立たせて奮戦するのは奥山右京之介に矢島平四郎。二人に助太刀ご用のお方は、深川永堀町源助裏店(ながほりちょうげんすけうらだな)に住む弥太をお訪ねごろうじあーれ！」

若様、赦してたもれ

一

練塀小路に入ると、とたんに長塀の向こうから、竹刀を打つ音が響いてきた。怒声のような掛け声と共に、床を踏み込む足音が、普請中の建築場のような騒然とした様子を伝えてくる。

「ほほう、やってますでげすなあ」

茹で上がった鯰のような顔を向けて、弥太は並びの悪い歯を剝き出しにした。

「うむ、さすが江戸一番の道場だ。三代目が亡くなってみ月にもならぬというのに、すでに活況を呈しておる」

矢島平四郎は弥太から目をそむけて、長塀の向こうに見える宏壮な道場を見上げた。今年の二月、年号が寛政から享和に変るのを見届けるようにして、三代目中西忠太子啓は四十七歳の生涯を遂げた。

彼には子がなく、姉の子をすでに養子として迎えていて、いずれその子が四代目を継ぐのだということは、世情にうとい矢島の耳にも入っている。

だが、一刀流中西道場を目ざして全国から入門志願者が集まってくるのは、ここに、音無しの構えで、世を風靡した高柳又四郎が師範代をしていて、未だにその竹刀から音が発たれるのを聞いた者がいないという評判の故であった。

高柳の目は暗く、その表情は青白く異様であり、その剣は苛烈で、相手が何人であれ容赦なくその喉を突き貫くという。

江戸に来たときから矢島は高柳又四郎の剣筋を、自分の目で、じかに見てみたいと希求していた。

それができなかったのは、自分が脱藩同然の一介の浪人者であるという後めたさが、いつでも矢島の心を雨雲のように覆いつくしていたためだった。

「へえ、こりゃすごい御門だ。こりゃまるで大名屋敷ですぜ」

総欅の門を見上げて弥太は猪首を手拭いで拭った。汗かき性のため、気持のいい五月晴れの今日のような日でも、弥太にとっては暑いくらいらしい。

矢島はさきほどから静かにあとに従ってついてきた娘の多美を振り返り、行くぞ、というように目で合図を送った。

多美はそっと頷いた。多美にとっても、江戸で評判の道場の門をくぐるのは初めてのことである。

国元の道場では、十二歳から初めた小太刀の筋がよく、めきめき上達して男をしのぐようにもなり、十七歳の頃にはすでに「矢島の鬼姫」とあだ名される程になった。その厳しい太刀筋を小手に受けた者は、手首のしびれで丸三日間箸を持つことができないといわれたほどであった。

「多美、わしらは奥山殿を見つけ次第すぐに用件に入るが、そなたはもし見学を許されるのであれば、そのまま道場におってもよいぞ」

六間間口の道場の広い入口に目を向けたあとで、矢島は多美をもう一度振り返っていった。

「はい、もし、お許しがいただければ……」

そういって多美は口をつぐんだ。視線を伏せているが、目尻に強い意志が宿っているのが見てとれる。もし、男に生まれていたら、ひとかどの剣客になっていただろうと父である矢島は残念に思う。

そう思っているのは娘も同じで、国元で男の実態がいかにふがいないものであることか、さんざん見せつけられた以上は、尊敬できる男が出現してこない限り、一生女としては生きることができないだろうと覚悟しているのが感じられる。

これほどの美形に生まれながら、不憫なことだ。

そう呟きながら、娘をそのような境遇に追いやってしまった自分の未熟さを、矢島は呪っていた。この一年間で、何百回と呪ったことだったが、その都度、矢島の胸の内側を、悔し涙と共に、娘に許しを乞う祈りの言葉が這いずり回った。

「えー、ごめん下さりやし」

道場の玄関に先に入った弥太は、腰をかがめて案内を乞うた。式台つきの立派な玄関である。

「これはすごい」

矢島は道場に向けて首を斜めに突き出し、思わず溜息をついた。百四十畳の広さのある道場の床板は、鏡のごとく磨き上げられている。その厚板を強く踏み込み打ち込んでいく門弟たちの数はおよそ三百人。横にいる者たちの竹刀が触れ合う程の混雑である。

「えー、ごめんなさいまし」

着物の裾をはしょって尻をからげた弥太の格好は、どう見てもここでは不釣合である。品性下劣が突っ立っているようなもので、一緒にいる矢島まで馬鹿にされそうな気がする。それに、気合不足で、声が中にまで届いていかない。

「えー、ごめん……」

「もうよい」

矢島は弥太の尻を扇子の骨で叩いた。弥太のぎょっとした顔が振り返った。

「もうよいからおヌシは外で待っておれ」

「へえ……どうもあっしにはこういうところは敷居が高くて……へえ」

弥太は珍しく緊張した面持で玄関を出ていった。緊張していても、顔が赤く膨らんでいるのはおかしかった。

「お頼み申します」

矢島は胸を張り、腹の底から声を出した。

出てきたのはまだ二十歳前の青年である。稽古着から覗いている胸板は厚く、目は黒光りしている。

「何か？」

片膝をつき、矢島と多美を睨むように見上げた。恐らく、壁の前に坐って皆の稽古を食いいるように見つめていたのだろう。その目がそのまま客の前に現れてきてしまったのだ。

「奥山右京之介殿にお会いしたい。拙者は矢島平四郎と申す者でござる」

「奥山右京之介様ですか。今は稽古中のことゆえ、お会いできるかどうか分かりませんが」

「御貴殿は、どの御仁が奥山殿か存じておるのか」

矢島の質問に、若い門弟は顔を歪めて俯いた。

「失礼ながら、上がらせて頂く」

矢島は雪駄を脱いで式台に上がった。道場に顔を向けると三百人の熱気がわっと押し寄せてきた。汗にむせ返った若者の臭いが鼻をつき、息が詰まった。だが、その臭いは懐しく、矢島を一瞬、若き剣士に戻した。

「あれだ。あの白い稽古着を着た、長身のお方がそうだ」

面をつけず、道場の羽目板に寄りかかるようにして佇んでいる右京之介を見つけて矢島はいった。

「あの方は奥山殿ではなく、小田殿といわれますが」

若い門弟の言葉に矢島はあっと唸った。

「そう、その小田殿だ。至急ここにお呼び頂きたい」

いったい本名は何というのだ、何のための変名なのだといぶかしく思いつつ、矢島は額の汗を指で拭った。門弟は納得のいかない表情でいたが、矢島の申し出だけはいちおう受ける気になったらしく、壁づたいに右京之介の方に近づいていった。

「多美、見てみろ」

矢島は多美を促した。だが多美は軽く頷いただけで顔を上げようともしない。見回すと、稽古をしている門弟の他にも、袴（はかま）をつけた見学者が数十名いて、皆正座をして激しい打ち込み稽古を大きく目を見開いて見ている。中に武家の子女の姿も散見できる。

「やあ矢島さん、いらっしゃい」

明るい声が落ちてきて、顔を向けると右京之介の笑った目があった。妙に艶々（つやつや）していてまるで少年のような瞳だった。

「や、ご稽古の最中お呼びたてしてすまぬことをした。うん、それにしても大盛況だ。江戸で剣術がこれほど盛んになっていようとは、ここを見るまで気付かなんだわ」

「はは、さようですか。今日はこれでも少ない方ですよ」

右京之介は落ちついた様子で道場内を見回した。まるで古手の門弟の雰囲気なのだが、彼にしても、まだ入門したての新参者に過ぎないのだ。

「娘も同道しておる。できれば少しの間でよいから見学させてやりたいのだが、師範代どのにでも頼んではいただけないものであろうか」

「ああ、多美さん。さ、どうぞこちらへ」

矢島の言葉が終らない内に、右京之介は玄関に向けてひょいと首を伸ばし、さっそく手でおいでおいでをしている。

いったんは固辞すると思って見ていると、多美は右京之介の言葉に素直に頷いて式台に上がってきた。

「まあ」

稽古中の門弟たちに目を向けるなり、多美はそう感嘆して目を輝かせた。頬がぽっと上気した様は、恥じらいではなく、闘志をかきたてられたときに見せる自然の変化だった。

「どうぞ、こちらに坐ってご見学下さい」

右京之介がそういって手を伸ばした席は、先程の若い門弟の隣だった。そのとき初めて多美は父を振り返り、ためらいの色を見せた。

「構わぬから、おまえはそこで見学させて頂きなさい」

そう若い門弟にも聞こえるようにいってから、矢島は右京之介に顔を向けた。

「奥山殿にちと頼みがあって参ったのだが」

「ははあ。では、身体を井戸で洗って参りますので、私の部屋でお待ち下さい。寄宿舎は道場の裏にあります」

「弥太も一緒なのだが、部屋に連れて参ってよろしいかの」

「よろしいです。ただし、手癖には目を見張っておいて下さい」

そのとき、相手に吹きとばされた一人の門弟が右京之介の方にぶつかってきた。矢島に向かって笑顔で話しながら、右京之介はその者に目を向けることなく、すっと身体をかわした。激しい衝撃音が厚い羽目板から上がり、門弟は面をつけたままその場に昏倒した。次に矢島が顔を上げたとき、右京之介の姿はもう道場内に見ることはできなかった。

てっきりここだと思って障子を開けると、若い男が一人、床にふせって目を閉じていた。

三

「これは失礼を致した」

矢島は頭を下げ、あわてて障子を閉めた。そのとき、こちらに横向きに寝ていた男が顔を向けて目を細めに開いた。

頬がこけて、肌は青みがかって、血管が透けて見える程に弱々しい。

「お休みのところを申し訳ないことを致した。拙者めらは奥山……いや、小田殿を訪ねてきた者。部屋を間違え申した」

若い男は光の入ってくる廊下の方に顔を向けたため、眩しさに圧倒されて口もきけない様子でいる。ごめん、といって矢島は障子を閉めきった。

奥山の部屋は隣のようだった。部屋に入り、大刀を右脇に置いて胡坐をかいた。そうしながら、なんか女のような男だったな、と思っていた。

部屋は六畳で、畳は打ち直して間がないらしく新しい。小机が一つ置かれただけの何もない部屋である。小机には草双紙が三冊積まれている。身体を伸ばしてその内の一冊を手に取った。「錦之裏」と題された洒落本である。山東京伝の著で、寛政二年の出版とあるから十一年も前のものである。

中をめくってパラパラとやっていると、押し入れを開けた弥太が、中に置かれた葛籠に首を突っ込んで、「あったあった。あっしはこの青羽二重に騙されたんだ」なんぞとわめいて色々とさぐっている。

そこへ、お待たせしました、といって右京之介がさっぱりした様子で入ってきた。下帯をつけただけの裸で、身体にはまだ井戸水がついていて、キラキラと光っている。

「さすが鍛練をされている方の身体は違いますな。まるで無駄なところがない」

「なあに、稽古代、寮費にみんなとられて、ろくなものを食べてないからですよ」

手拭いで濡れている部分を拭いながら右京之介は矢島の前に坐った。あわてた弥太が押し入れのどこかに頭を打ちつけ、呻き声をあげているのを見て笑っている。

「ここの稽古代はそんなに高いのか」

「月二分。寮費が一分。小太刀の免状でも受けようものなら師範代への謝礼や初穂料、お神酒料などで二両ほどもかかります」

「小太刀の免状で……しかし、師匠がおらず、誰が免状を許すのだ」

「寺田五郎という人が、昨年皆伝を受けたそうです」

ほう、と矢島は頷いた。本名寺田五右衛門宗有は天下無敵といわれるほどの組太刀の名人である。

初代中西忠太子定の門に入ったが、二代目忠蔵子武が竹刀剣法を道場に取り入れ、それが人気を呼ぶと、「防具をつけて打ち合うのは剣の真意にはずれる。韜袍（竹刀小手）など舞楽の舞いに等しい」と放言、師にそむいて十八歳で中西道場を去った。

それが五十歳を間近に控えて三代目の中西道場に再入門した。風聞によると高崎藩に仕えたが、その頑迷さが同僚に嫌われ、藩主の命令ということでその年齢になって再度一刀流修行に出されたということであった。

中西道場内にあっても、竹刀はとらず、木刀を握っての組太刀のみで門弟をしごいているという。

「それにしても、たかが小太刀の免状で二両もかかるとは……」

矢島は溜息をついた。国元にいたときには考えもしなかったことである。さすが江戸だ、と矢島は妙なことに感心していた。中西流一刀流は、小太刀から始まり、指南免許まで八段階に昇進制度が分かれている。そこまでいくには、いったい何十両かかるか見当がつかない。

道場経営も満ざらでもないな、と思っていると、へっへへ、という弥太の奇妙な笑い声が響いてきた。

「矢島の旦那の考えていることは分かってますよ。お嬢さまを師範代に仕立てて、町道場を開き、しこたま儲けようという算段でもたてているんでがしょ」

「ば、ばかなことを申すな」

そう声高にいったが、胸には汗をかいていた。

「奥山殿、今日お願いに上がったのは、儂の代わりに、五日間程、ある娘御の身辺警護に当たってはもらえんかということなのじゃ」

心中を見透かされない内にと、矢島はさっそく用件を切り出した。

「実はあの助太刀の一件以来、妙な仕事の依頼がずい分と舞い込んできてな。無論、弥太を通しての話がほとんどなのだが、この仕事もさる札差から、是非儂にという注文だったそうなのだ」

「若様にもお願いしたんでやんすが、なかなか首を縦に振ってくださらねえんで、あっしは断るのに往生してますよ、へっへ」

弥太は目玉をでんぐり返して得意気に鼻をひくつかせた。この頃では矢島の他に何人かの浪人者を雇いだし、その者たちに用心棒のような仕事の依頼をしているということなのだ。

「そのお方は浅草天王町の鳥越橋際で札差業をしている永井様の娘でイト様とおっしゃるんですがね。このイト様に目をつけたならず者がおりやして、一緒にさせろ、そうでなけりゃ心中してやると永井様に強談判したのが二年と三月前のことでやんす」

矢島に代わって弥太が赤い鼻を右京之介に向けて説明しだした。

「その当時イト様はまだ十四歳。婿を取るにはまだ幼すぎると断っていたものの、そのならず者はますます図々しくなり、しまいにゃ、店に火をかけるとおどかす始末」

「それはひどいなあ」

「でやんしょ。いくら美しく生まれたからといって、ヘンな奴に因縁つけられ、つけ回されちゃたまらねえ。永井様は自身番にも訴えてなんとかしてくれとお願げえしたようなんですが、ならず者のこととて、連中の説得など聞きゃしねえ」

「だいたい分かりました。それで、二年と三カ月の間に何があったのですか」

「そのならず者は別のところで恐喝事件を起こし、お縄になって島送りになった。ところが、つい先だって島抜けをしやがってこの江戸に潜入したらしいという噂が流れましたんで。しかも、お縄になったのは、永井の野郎が奉行所にたれ込んだせいだと思い込み、逆恨み（さかうら）をしているらしいという情報が入り、永井様は戦々恐々。仇討ちの助太刀を見事に果たした矢島様を是非ご紹介頂きたいとあっしのいる裏店までやってこられたというわけでさあ」

「儂を選んだのは、年頃の娘を持つ親なので、その気持が通じるだろうということらしい。給金は一日一分。そのならず者の消息が確かなものと分かるまでということになっておる」

「ということは五日では一両一分ですか」

「どうです。悪くはないでしょう。イト様は深川の冬木（ふゆき）町にあるしもた屋で、賄（まかな）いの婆さんと下女の三人で住んでいます。若様には同じ家に寝泊りして、イト様の護衛に当たってもらいます。三食昼寝付き、こんないい仕事は他にありませんぜ。ほんと、あっしが代わりたいくらいなもので」

弥太は洟（はな）を啜（すす）った。そのとき涎が垂れて、畳に落ちた。

汚い奴だ、と眉をしかめながら、矢島は右京之介に顔を向けた。

「先方にはおぬしのことは伝えてある。どうだ、頼まれてはくれんか」

「はあ……」

右京之介は浮かない顔で腕を組んだ。てっきり二つ返事で引き受けてくれると思っていた矢島と弥太は、拍子抜けした思いで互いの顔を見合わせた。

「何か都合がおありかな……」

「はあ、それが、その……」

いつでも明朗な右京之介にしては妙に歯切れが悪い。矢島は事情を打ち明けることにした。

「実は、儂は娘に同道して常陸まで行くことになったのだ。できれば、明日にでも出立したいと思っている」

「ほう、常陸に」

右京之介はそういって矢島に合わせたが、興味をもっている表情ではなかった。

「実は先日の仇討ちの折、娘多美の働きを笠間藩江戸家老の御息女が見ておられてな、いたく感銘されて藩邸で是非その太刀筋を披露頂きたいとの申し出があった」

　話しながら矢島は思わず唾が口の中に溜まってくるのを感じていた。思えば、この右京之介とは妙な出会いではあったが、この男と知り合って以来、たびたび頭がどうにかなってしまうように感じることはあったが、確実に運が上向きになってきているのも事実であったからだ。

「実際、浪人者とは申せ、すご腕の者どもを相手に、小太刀で戦ったのだからな。儂も娘があれほどできるとは思っていなかった」

「いやあ、たいした評判でやしたよ。なんせ、美貌のお武家のお嬢さまが、真剣を振り回すむさい男を相手に一歩も引かずに立ち向かったのでやんすからね。歌麿の大首絵にでも描かれようってもんでがすよ」

「歌麿はもう落ち目だ」

　矢島は浮かれて喋りだした弥太に釘を刺すつもりでいった。多美を笠間藩に引き合わせたのは自分なのだから、なにがしかの手数料を寄こせと、口汚く言ってくるからである。この場でも、どさくさに紛れてその話題を持ち出さないとも限らないので、矢島は早々に弥太から言葉を引き取った。

「笠間藩八万石といえば、先の藩主牧野貞長様は天下の老中。学問は時習館、剣術は講武館と二つの藩校を持ち家来は文武両道をむねとなし、現藩主貞喜様は貞長様の意を引き継いでさらに剣術を高め、唯心一刀流の剣士その数三百。その牧野家より奥に仕える御女中たちへ剣術指南のご依頼あるは矢島家望外の悦び。その長沼正兵衛綱郷先生の流れを汲む直心影流矢島派小太刀、その極意の一端をここに示さんと……」

　ガラリ、と襖を開けた者がいる。目を向けると隣室で寝ているはずの青白い若侍が、まるで空中に漂っているような感じで突っ立っている。

　右京之介はのどかな顔で若侍に向かって「やあ、与次郎どの、ご気分はいかがかな」といったが、若侍は何の反応も示さない。ただ幽霊のように立って、こちらをぼんやり眺めている。

「やっ、これは失礼した。調子に乗ってつい大声で講釈を述べてしまった。お耳ざわりでお休みになれなかったのであろう。まことに申し訳ない」

　矢島は若侍に向かって頭を下げた。それを合図のように、まだ幼い顔立ちの残る若侍は、吊るされていた着物が落ちていくように、よよ、といった感じで坐り込んだ。

「お話は伺いました。小田様にお願いがございます」

若侍は両手を畳について、右京之介を必死の形相で見つめた。リンとした美少年の素顔がそのとき現れた。

「今夜から四、五日間程、是非わたくしの護衛をしていただけませんか。どこぞの娘の警護に一日一分というのであれば、わたくしは、二分払わせていただきます。なにとぞ、わたしの警護をお願い致します。なにとぞ……」

畳についた指はまるで娘のように細くてしなやかだ。肩もなで肩で、どことなく舞台子のような雰囲気がある。この者が女形になって舞台に上がれば、さぞかし町娘たちを騒がせるであろう。

そう思って若侍をなんとなくうっとり見つめている己に気付いて、矢島はあわてて片手を宙に突き出した。

「ちょっと待たれい。どのようなご事情があるか存ぜぬが、儂の話が先でござる。横合いから出てきて勝手なことを申されては困る」

「さいでやんすよ。それに、若様に手助けをしてほしいんなら、まず、このあっしにいってもらわなくちゃいけやせん」

「おぬしに？」

「へえ、あっしに」

「おぬしは何だ？」

「何だと訊かれても困りやすが、まあ、このお先生方、通称悪党払い社中の世話人、深川永堀町源助裏店に住む弥太というもんでがす。世話料は助太刀代の一割、別口でお支払い頂いておりやす」

ほう、そういう仕組みになっていたのかと矢島は感心した。顔形は鯰でも、貧乏人だけあってしっかりしている。

「では弥太殿、わたしの頼みを聞いてくれませんか、お願いします」

「いや、しかし……」

「お願い……」

与次郎と右京之介が呼んだ若侍はそう悲しげにいって膝をにじり寄せ、弥太の太股に手をかけた。

ゾクッ、としたものが弥太の背中を走った。喉が一気に渇き、その瞬間、これが恋というものかしら、と弥太は喘いだ。

「待て待て、儂の用件の方が先だと申すのに」

矢島は何故か目の周囲を腫れぼったくさせてポーッとしている弥太の頭を扇子で叩いて、右京之介に向き直った。

「されば、笠間藩江戸藩邸での娘多美の小太刀指南は大好評での、是非国元に参り、お城の奥に仕えるお女中方にもその剣術を披露して頂きたいということに相成った次第なのだ」

「ははあ、それは大した出世ですね」

「さよう。不肖矢島平四郎、沼田藩剣術指南の役を辞し、江戸に参り浪人生活をすること一年とふた月。矢島兵庫之介と時には名を変えて町人相手の遊戯で糊口をしのぎ……」

ぴちゃ、と頭を叩かれた。弥太の臭い息が顔にかかってきた。

「矢島様、蚊です。ほほう、こんなに血を吸っておりましたでげすよ」

弥太は掌を開いて矢島の前にかざした。蚊などいなくて、代わりに丸い黒いものが中央に張りついている。

「たわけ者。そりゃ、鼻クソじゃな」

「たは、ばれやしたか。ささ、どうぞお話をお続けなすって」

うむ、といって矢島は気を取り直した。

「それで、儂も娘について常陸までいくことにした。江戸藩邸より付き添いの者があるというが、やはり、一人娘故、道中何かと心配でな。なに、娘は十日程くる。その間、四、五日程かかる。どうじゃ、その間、永井の娘御の護衛を勤めてやってはくれぬか」

「お話は分かりました」

右京之介は組んでいた腕を解いた。

「その返事は今夜まで待ってもらえませんか。実はちょっと、妙な頼まれごとを受けてしまいまして……」

そういって矢島の方を見た右京之介の目が色っぽくきらめいた。矢島が見つめ返すと、困惑したように俯き、首を傾げ、思案する様子になった。

「あのう……」

与次郎がか細い声を出して顔を上げた。

「わたしの方は、夜の間だけで結構です。その町娘の護衛は犬なんぞに任せて、是非、わたしの方へ……」

「ちょいと与次郎さん、その話はあっしの方でなんとかいたしやすから……」

「ほんとに？」

与次郎は再び弥太の太股に指先をついた。弥太の身体中の血が沸騰した。もう、いけやせん、と弥太は顔を震わせた。

「では、そばでも食べにいきましょうか。稽古ももう終る頃ですから」

右京之介はみなを促すようにすっくと立ち上がった。押し入れを開け、ごそごそとやって淡い草色の越後上布(えちごじょうふ)を取り出し、それを裸の身体にふわりと引っかけた。

ほう、そんな着方もあったのか、なかなか憎い、と思って矢島は立ち上がった。だが、他の二人は動かない。なんだ？　と思って見ると、与次郎はすがるような目付きで右京之介を見上げ、その細面(ほそおもて)の与次郎を、鯰(なまず)おじさんとでも形容すべき弥太が、うっとりと眺めている。

物事には動じることの少ない矢島だったが、弥太の夢みる乙女を真似た表情は、さすがに気色が悪いと思っていた。

三

弥太と与次郎を部屋に置いて玄関まで出ると、入れ違いに稽古着姿の門弟が二人入ってきた。二人とも色黒でどこかふてぶてしい面構えをしている。二人は矢島と右京之介には目もくれずに、入ってくるなり防具を玄関に投げ出し、背中を向けて腰を下ろした。

「何を好き好んで高柳の竹刀の的になる必要があるのか。まったく痴れ者よのう」

「御意。そ知らぬ顔で抜け出すのが上策。さっそく煮物屋にでも行って一杯やろうぞ」

「おうよ。さすれば黒柳のご子息から昨夜の一物御改めの御礼でも頂いて出かけるとするか」

「あはは、先細り、小筆のごとしか」

「あははは……」

二人は雑巾で足を拭き終ると、申し合わせたように立ち上がって振り向いた。

「う……」

大口を開けて笑っていた一人がぎょっとして口を閉ざした。さらに目を白黒させたかと思うと、激しく咳込み出した。

「お、おのれ、貴様、山口の口に何か入れたな！」

右頬に刀傷のある男が、血相を変えて右京之介につかみかかってきた。

その者の額にとっさに手を当てて右京之介は「入りましたか？」と間延びした

口調で応じた。

「うー、こやつ、うー、ごほんごほん」

目玉を通常の三倍くらいにも大きく脹らませて山口という男は苦しんでいる。四角い顔の中で眼窩（がんか）と頬骨が平行に突起しているので、下駄の裏側を映したような具合になって見える。

「入りましたかではないわ！　かようにごほんごほんやっているではないか」

「それは間が悪かったですな。わたしが丁度鯰の臍（へそ）をほうり投げたときに、そちらの御仁が大口を開けて向き直ったのですなあ」

気持よさそうに右京之介は返答している。その右手はまだ怒り狂っている男の額に当てられている。よく見ると、四本の指は月代（さかやき）に触れていて、琴でも弾（ひ）いているような動きをしている。

「鯰の臍だあ？　えーい、この手をどけろ！」

怒鳴り様、刀傷の男は右腕を振った。その前に右京之介は男の額から右手を離していたので、男のぶっとい腕は大きく空を斬り、その拍子に上体を泳がせ、前につんのめった。

「では、失礼致します」

右京之介は何事もなかったように廊下を降りて、履き物棚から下駄を取り出して履いている。うん、鼻緒が少し緩くなった、なんぞといっている。矢島もあわてて雪駄を履いた。右京之介と一緒にいると、なんだか、いつもあわててばかりいるような具合になる。

「待て。貴様は確か、小田とか申す新参者だな」

刀傷の男が玄関を出て行こうとする右京之介を呼び止めた。肩を怒らせ仁王立ちになっている。刀を差していれば抜刀しかねない勢いだった。

「小田、ですか。ま、いちおうそういうことになっています」

「いちおうだと？　ふ、ふざけたことを吐かすな。貴様、どこの家中の者だ」

「それは秘密です」

「な、なんだと」

頬の刀傷が赤く浮き上がった。激怒すると、この男はそのような徴候が顔に現れる性質らしい。

「き、貴様、我らを愚弄する気か！　ただでは済まんぞ」

「そんなつもりはありません」

「ごほん、ごほん。えーい、やっと収まり申したわ。おい、新入り、おまえに申し置きたいことがある。本来、新入りが入寮する折は、同僚に振舞いの挨拶をするのが礼儀。しかるに――」

立ち直った山口はそこで威厳を示すため、大きく息を吸って胸を脹らませた。矢島には右京之介の指の動きは分からなかったのだが、どうやらもう一度鱠の膾らしきものを山口の口に弾き込んだらしい。

「しかるに……ごほん、ごほん……えーい、また喉に何か引っかかったわ」

「山口がいわんとするのはもっともなこと。貴様は道場に伝わる習慣というものを理解しておらん」

「ははあ、付届けをしろということですか」

右京之介はそういってから鬢に手をやってにこりとした。

「残念ながらわたしは手元不如意でして、諸先輩たちから歓迎の宴会でも開いて頂こうと願っている次第なんです。ははは」

笑いを残して右京之介は玄関を出てきた。矢島もあとに続いたが、山口と刀傷の男が怒りの顔を凍りつかせたまま佇んでいたのが気にかかった。

「あのような態度をして大丈夫か。あとで仕返しされるかもしれんぞ」

道場に向かいながら矢島は右京之介の様子をさぐった。腰に脇差しを差しただけの右京之介は返事をせずに上空に目を向けて歩いている。青い空に丸い雲が一つ二つ浮いている。その雲も、強い光で溶かされていくような感じの好天気だ。

「奴らが申しておった黒柳の子息云々というのは、どういうことでござるか」

「ま、つまらないことです」

「黒柳というのは、先程の幽霊みたいな与次郎という若者のことではないのか」

「そうです」

「あの二人に、付届けを強要されているようだな」

「そのようですね。まったく、困った人たちだ。ここにもお城勤めの慣習を持ち込んで、新しく入門してきた者につらく当たるのです」

「賄賂に音物か」

「それに、いじめです」

「いじめか。陰湿な奴らだのう」

「与次郎殿は昨日到着したばかりなのです。早々に先程の山口と上島に『御改め』を受けたようです」

「御改め？」

「ええ」

「それは、何を改めるというのだ？」

「陰茎です」

「いんけい？　男の一物を改めるというのか？」

「そうです」

「どう改めるというのだ」

「さあ。詳しいことは分かりませんが、陰茎の重さ、その形状などを調べられ、帳面に書き留められるそうです」

「な、なんという情けない。なんという馬鹿馬鹿しいことをしておるのだ」

矢島は胸糞（むなくそ）が悪くなった。付届けの慣習は田沼（たぬま）政治の置き土産（みやげ）かもしれないが、何もこんな町道場で同じことをすることはなかろうと憤慨していた。そういう話を聞くと、つくづく侍の世界がいやになってしまうのだ。太平（たいへい）ボケした連中ほど、陰湿ないじめを好んでいた。

道場は妙に静まり返っている。ふと、思いついて矢島は訊いた。

「奥山殿、おぬしはそのいじめに遭わなんだのか？」

「わたしはあの人たちの目の前で小用（しょうよう）をしていたので、もうよかろうということになったのでしょう。厠（かわや）はどうも窮屈で、わたしの性にはあいません」

「そうすると、奥山殿の一物に連中は圧倒されたということかの」

「いえ、わたしの佇まいは到って内気です」

右京之介の返事は矢島を迷わせた。分かったような、全然分からないような、そんな気がした。

「ところで、先程山口に見舞った鯰の臍というのは何でござるか？」

返事がないので横を向くと、右京之介はにやにやしている。もしや、と矢島は呟いた。

「弥太の鼻クソではないのか」

「ははは」

「しかし、二度放ったのではないか」

「二度目のやつはこれです」

右京之介は矢島の目の前に、黒く丸まった丸薬のようなものを突き出した。

「ず、ずい分黒々としておるな」

「腹についた垢を集めて丸めたものです」

右京之介は着物の襟を開いて汗ばんだ鳩尾を見せた。確かに一部の肌はきれいに磨かれたようになっている。

「垢か。それは汚い」

「おう、高柳殿が稽古をつけておられるようです。道理で静かなはずだ」

顔をしかめている矢島を置いて右京之介はさっさと道場に入っていった。

四

「そんな仕打ちをお受けなすったんですかい……」

黒柳与次郎から打ち明け話を聞かされた弥太は、目を丸くして頭を振った。

「そりゃ、どう考えたって、与次郎さんを慰みものにして喜んでいるとしか思えませんぜ」

「そう思うか」

「思いますとも。だいいち、とても侍えのすることじゃねえ」

「わたしに、も少し武術の心得があれば、かような屈辱は受けずに済んだものを」

与次郎は蒲団に正座をして青い溜息をついた。越前小笠原家二万二千石、小笠原長貴様の国家老、黒柳弥平次の二男坊だと聞かされたときは、そんな身分違いのお方と、つい近頃迄巾着切りだった自分が親しくお話しなどしてよいものかとブルったものだったが、昨夜受けた仕打ちを聞く内に、身分を越えた親しみと同情を感じるようになり、この人の指先に触れてもみたいとみだらな思いも浮かんできていた。

「長持に腰かけさせられて、着物の前を開かれてか……」

「もういわないでくれ」

与次郎は涙ぐんだように目をしばしばとさせた。

国元の父親は、弱々しい息子を少しでも侍らしく育てようと、江戸で評判の中西道場に剣術修行に出したものなのだろうが、美少年なことがわざわいして、先輩たちのいじめの格好のえじきになってしまったのだ。

――それにしても、一物を箸で持ち上げてしげしげと眺めるというのは……。

いくらなんでもやりすぎだ、と弥太は胸の中で呟いた。

昨夜、寝る前になって三人の門弟が現れ、与次郎の陰茎が確かに本物かどうか改める、といったという。

「男子と偽って寮に住み込んだ女子がかつていた故、我らが検分の役目をおおせつかる」

というなり、与次郎を有無をいわせず別室に連行し、そこで着物の前を開かれ、下帯もとらされたという。

「これは小ぶりながら形状はなはだ端整。雁首（かりくび）細く、その先端は野いちごのごとき色づきでござる」

箸で与次郎の陰茎を挟んだ上島と名乗る男は、もっともらしくそういって、箸を上下に振ったという。

「して、その重量は、いかほどかの」

山口が傍から覗き込みながら聞くと、

「さよう、十二匁ほどもござりましょう」

と上島が答え、二人の問答を、もう一人の若い門弟が生真面目に記帳していたのだそうだ。

「では、明日、おぬしより本日の改めの御礼を受けるとしよう」

去り際に山口がそういってふてぶてしく笑った。

与次郎が心配するのは、その御礼の意味である。

「もしや、男色のなぶりにあいやすまいかと、それがこわくて……」

仇討ちの助太刀をしたという右京之介に、恥をしのんで今夜の護衛を願い出たのだという。

「いちおうここに五両の用意がしてある。うまくいけば、これだけで放免してくれるやもしれぬ」

懐紙に置いた五両を、与次郎は手で包んで心細げに呟いた。

「五両！　そんなに包むことはございませんよ」

「しかし……」

「そんなことしたら、そいつらを益々(ますます)つけ上がらせるだけでやんすよ。そんな金を渡すくらいなら……」

そのとき、不意に障子が開かれて、野太い声が落ちてきた。

「どうしようというのだ？」

見ると、二人の侍が稽古着のまま、廊下にぬっと立っている。弥太は仰天した。

「おい町人、我らをつけ上がらせないために、何をするというのだ」

「そ、それは……」

「おかしな顔をしおって、一人前の口をきくとは笑止千万(しょうしせんばん)、これでも食らえ！」

大きな足の裏が弥太の顔面を蹴りつけてきた。

「ぎゃっ」

弥太の口から悲鳴が洩れた。壁に頭を打ちつけて、やっとの思いで上体を起こすと、再び足蹴にされた。今度は鼻が潰れた。

「おやめ下さい。乱暴はおやめ下さい」

そう哀願する与次郎の声が、弥太の両耳を通り抜けていった。

「守る。あっしは、このお方の貞操を、きっと守ってみせる……」

弥太は根性を入れて己にそう言いきかせた。次の瞬間、周囲が暗くなって何も分からなくなった。

失神したのであった。

五

「どうであった？」

そう尋ねたが、多美は固く口を閉じたきり何も答えない。俯いて中西道場を背にして歩いてはいるが、頭の中は、今見たばかりの高柳又四郎の剛剣でいっぱいなのであろうことは、父である矢島にも察しがついた。

その矢島にしても、自分の背中が冷えた汗でびっしり埋まっているのを感じているのである。

噂にたがわぬ恐ろしい剣であった。いや、噂以上の熾烈で苛酷な剣であった。矢島は腕組みをしながらそう思っていた。まだ、心の臓が高く鳴り、身体が震えているようにも感じられる。

「あの突きを喰らったら、何日間も食事が喉を通らなくなるそうですよ。それで、めったに高柳殿に稽古をつけてもらおうという人が出てこないのです」

右京之介は矢島の冷えきった思いには頓着なく、にこやかな表情で喋っている。

「うむ」

矢島は仕方なくそう唸った。

高柳と立ち合った門弟は六尺はあろうかという背の高い男だった。その男は高柳の面の奥から出る静かな気合に気圧されて、ジリジリと下がり、ついには壁際に詰まり、そこでついに耐えきれなくなって上段から打ち込んでいった。

高柳の竹刀は旋風のようだった。大男の竹刀の下をくぐり、その竹刀の先端は大男の喉を砕いた。

異様な悲鳴が大男の口から上がった。二人の立ち合いを見るために壁際に坐っていた三百人の門弟は、一瞬息を呑んだ。

突きを受けた大男の身体は一間も伸び上がり、そのまま後方の羽目板に背中をぶつけて気を失った。すぐさま門弟の一人が面をはずして介抱したが、大男は白眼を剝き、口から泡を吹いていた。しかも、みるみる内に、喉は恐ろしく腫れ上がってきた。

その間、静かに竹刀を引いた高柳は、後方に戻ると、面を脱ぎ、光の射さない湿った角に坐った。その姿は墓石のようであり、その目からは、何の感情も読みとれなかった。

細く厳しい眼差し、高く通った鼻筋、薄い唇、そして、なにより、そげた頰骨が孤独の剣士の風貌を物語っていた。

——あのような厳しい突きに対して、いったいどのように立ち向かえばよいのか……。

かつての剣術指南としての血が矢島を騒がせていた。だが、それから先の想像は、身震いする程寒々しく、恐ろしいものでもあった。高柳の前に佇んだ自分は、蛇に睨まれた蛙のごとく、身を竦ませて一寸たりとも動けなくなっているからであった。

「小田さん、お出掛けですか」

そう右京之介に声をかけてきたものがあって、矢島の思いは断ち切られた。ほっとして声の主を見ると、先日の仇討ちの際、一緒についてきた少年剣士だった。

「やあ兵馬（ひょうま）殿。これからみなでそばを食べに行くところなんです」

「そばですか。いいなあ。わたしもお伴してよろしいですか」

「どうぞどうぞ。あ、矢島殿はご存じですか」

兵馬の目が矢島に向けられた。黒く澄み渡った美しい目であった。

「勿論です。先日のお働き、お見事でした。直心影流とお見受け致しましたが」

「いや、年寄りの冷や水。奥山殿につい釣り込まれて大騒ぎをしてしまいました」

　矢島は十五歳の少年の眼差しに気圧されて、つい頭を掻いた。先代の甥（おい）っ子とはいっても、いずれは中西道場の四代目になる者、すでに剣客の風格を備えている。

「奥山殿……そうでした。小田さんは、奥山という源氏名で助太刀稼業を始めたのでしたね」

「源氏名とはひどいなあ」

そういって笑ったが、右京之介は満ざらでもない様子である。つい今しがたまで硬い表情を崩そうとしなかった多美も、二人がかもしだす駘蕩とした雰囲気にあてられて、口元に微笑みを浮かべている。

「実は、小田さんに、折入って相談したいことがあったのです」

兵馬はふいに顔付きを強張らせて、眉間に細い皺を寄せた。

「ほう、何ですか」

右京之介はまったく屈託がない。

「そばを食べながら話すようなことではないのですが、丁度よいので矢島様にも聞いて頂きたい」

「それがしにも？」

兵馬は硬い目をして頷いた。四人の足取りは自然にゆっくりとしたものになった。

「居合いの稽古で真剣を使うことはありますが、わたしには、お二人のような、実戦の経験がないのです」

「それはそうでしょう。この太平の世に、真剣を抜くことなどありません」

「しかし、小田さんは人を斬られた……」

「仇討ちの助太刀ですからね。だが、それも年に一度あることではありません」

「わたしにも、真剣が使えるでしょうか」

「兵馬殿が……」

兵馬は立ち止まり、そっと頷いた。強い日差しの下で、四人の間に空気が凍りついたような緊張が走った。

それを破ったのは、外から戻ってきた老人だった。

「兵馬殿」

そう呼びかけた五十半ばの老人は、きっちりと羽織袴を身につけ、大小の刀を腰に差し、二人の伴の者を連れていた。

「どちらへ行かれる」

威厳のある物言いに、老人の長年の修行のあとが偲(しの)ばれた。その肩には筋肉が張り、羽織から覗いている拳は岩のように大きくて頑丈そうだった。

ただ者ではない。

矢島はそう直感した。老人ではあるが、骨の髄(ずい)からの剣客であった。

「小田さんと昼食にそばでもと思いまして……」

兵馬は臆したようにいった。ジロリ、と老人は右京之介を無遠慮に睨み上げた。

　だが、ひと睨みすると兵馬に視線を戻し、無表情にいった。

「羽織も着ず、腰に大刀も差さずに外をお歩きになるのでござるか」

「いや、ついそこまでと思って……」

「脇差しのみで大道を歩くのは無頼の輩の所作でござる。当道場の跡取りのなされることではござりませぬ」

　老人の眼光に射すくめられ、兵馬は顔を赤くして俯いた。

「いやあ、これはまいりましたなあ」

　代わって答えた右京之介は、いやはやと続けて首筋をしきりに叩いている。不思議なことに、成り行きを心配気に見守っていた多美が、右京之介の仕種を目にとめて、そっと口元に手をあてた。

　老人の目に、その様子が映ったのだろう。微笑んだのだ。さらに不機嫌になり、声を荒らげた。

「兵馬殿、そのままのお姿で外をお歩きになることはまかり成りませぬ」

「…………」

「それに今宵は榊原様からのお招きを受けてござる。そのことで兵馬殿のお耳に入れておきたいことがござりまする」

「それならば昼食の後に……」

「いますぐ、お話し致しとうござる。ことは四代目跡目披露の大事な話でござりまするぞ」

「………」

「では、こちらへ参られよ」

老人は兵馬を促し、先に立って道場の奥にある住居の方に歩き出した。残された兵馬は、上気した顔で右京之介に向き直り、意を決したように一歩前に出てきた。

「実は、ひと月程前に手紙を受け取りました」

「真剣で試合を望むということですか」

「いや、闇討ちに用心されよ、という脅迫文です」

「兵馬殿は仇持ちか」

矢島は思わずそう尋ねていた。兵馬の目が矢島に向けられた。その目は澄み渡り、少しの怖れも宿していない。

「わたしではありません。ですが、父が亡きあとは、わたしを仇と狙い定めたようです」

「お父上への意趣返しか」

「かつて、その者の父親を、わたしの父が打ちまかしたようです。尋常な御前試合だったようですが、その者の父は試合に敗れたことを恥じて自害して果てたようです」

「逆恨みか。しかし……」

矢島は胸が詰まった。自害して果てたという武士の心情が、手に取るように分かったからだ。その息子の悔しさも、並大抵のものではないことも察知できた。

矢島も藩主の御前である武芸者と試合をし、敗れた辛い過去を持っている。浪人したのは、そのためだ。しかし、自分を撃ち破った相手の武芸者を、闇討ちしようなどと考えたことはない。

「無視したのですが、二度ほど、襲われ、腕に傷を負いました。だが、そのときはまだ相手も本気ではなかったようです。わたしも、剣は抜きませんでした」

「本気ではないというのは？」

「私に脅迫の手紙を送りつけてきた、肝心の張本人が加わっていなかったからです。でも、今夜あたり……」

「兵馬殿、何をしておられる」

立ち止まって振り返った老人が、鬼瓦のような顔で声を放ってきた。空気がひび割れる程の気迫があった。

「失礼します」

兵馬は礼をして踵を返した。

三人は道場の門を出るまで無言でいた。

「どう思われる？」

神田川のある方へ足を向けながら矢島は訊いた。

「さあ、なんともいえません」

右京之介は意外にそっけない返事をした。

「あの様子では、儂らの他には相談を持ちかけてはおらぬようだぞ」

「そのようです」

「あの老人は何者だ？」

「寺田五郎という人です」

「あれが……」

木刀の組太刀での稽古しか認めないという頑固さが、身体中に滲み出ていたと矢島は思った。

「しかし、気になる。兵馬殿は『今夜あたり』と口にしておったぞ。何か、心当たりがあるのではないかな」

「そうかもしれません」

「おぬし、加勢する気はないのか」

「さあ」

右京之介は空を見上げた。神田佐久間町の町屋に入ると、商店の庭先に立てられた木柱から吹き流しと鯉幟が勢いよくはためいて、五月の空を泳いでいる。商店の庭先では、子供たちが菖蒲を束ねたものを地面に叩きつけ、菖蒲打ちに興じていた。

パシン、パシン、と小気味よい音が響き渡る。豆鯉売りが、人々の間を、売り声をあげて通り抜ける。

気忙しいがどこか心を浮きたたせる町の風景を見ながら、一方で闇の底から突いてくる剣に心を痛めている若者がいることを思って、矢島は複雑な気持になった。

その矢島の目に、明るい着物を着た町娘の姿が映った。

ひと目で、あの娘だ、と分かった。

「若様あ——」

娘は片手をあげ、人々の視線が向けられるのにも頓着なく、人をかき分けて駆け寄って来る。伴の下女が、娘の勢いについていけず、何かにけつまずいて引っくり返った。

「若様あ、どうしたのよ、半刻も待ったのよ」

米問屋山咲屋のお咲は、そういい様右京之介の胸を叩いた。

「やあ。しかし、まだ、稽古の刻限には早いんじゃないかな」

「何いっているのよ。今日はお稽古の前に一緒にちらし寿司を食べに行きましょと約束したじゃないの」

「はは、そうだったかな」

「そうよそうよ、忘れるなんて、許さないから」

お咲は十六歳の娘らしく、周囲の目など少しも気にせず、しきりに右京之介を叩いている。右京之介も満ざらでもない様子で顎なんぞを撫でている。無視されている形の矢島はお咲の横から声を放った。

「お咲さん、そう大声でわめくな」

「あらおじさん、こんにちは」

お咲はまったく屈託がない。右京之介に秘部を見られてしまったという恥じらいが、反対にお咲を自信のある女に仕上げているのかもしれなかった。お咲が自らさっさと着物を脱いでしまったその席に、矢島も居合わせたのだが、坐っていた位置が悪く、お咲の裸体を見ることができなかった。

おしいことをした……。

そう思っている自分に気付いて、何故かひどくあわててしまった矢島は、照れ隠しに「お稽古とは何か」とお咲に訊いてみた。

「お琴」

そのあとで、お咲は意外なことを口にした。

「お稽古のある日は、若様に往き帰りの護衛をしてもらっているの」

「なんと」

「だって、それが若様のお仕事だっていうんですもの。お父っつぁんも大安心なのよ」

おっほん、といったのは右京之介だった。珍しく狼狽して、目のふちを赤らめている。

「すると、さっきの儂の頼みを渋っていたのはお咲さんの護衛をするためだったのか」

「ははは」

右京之介は笑って歩き出した。若様あ、とお咲は甘えた声で後を追っていく。

「出立の用意がありますので、わたしは先に帰ります」

多美は硬い声でそういうなり、父を置いて反対の方に歩き去っていった。矢島は憮然として往来の真ん中に立ち尽くしていた。

六

その夜、右京之介は気付かれぬように兵馬のあとをついて道場を出た。だが、はっきりとした作戦を立てていたわけではなかった。それに、兵馬をつけ狙う相手がたとえ現れたとしても、助勢しようと決めていたわけでもない。

兵馬は寺田五郎と連れ立って、越後高田藩榊原家の屋敷を訪れた。そこで一刻程過ごした後、二人は別々の駕籠に乗って屋敷を出てきた。異変はその後に起きた。榊原家の屋敷を二つの駕籠が出ると、長い塀沿いに、小動物のように動いていく影が現れたのだ。

それは初め二つだったものが三つになり、やがて四つに分散して駕籠をつけだした。寺田五郎の乗った駕籠が、神田川にさしかかる手前で右に折れると、兵馬の駕籠を狙った影は一つに固まった。

相談しているのだと察すると、右京之介は狭い小路に入り込み、足音をたてずに走って先回りをし、昌平橋（しょうへい）のたもとの小屋の陰に身を潜めた。

兵馬の乗った駕籠は、小さな提灯（ちょうちん）を揺らして橋を渡っていく。

続いて、地面に身を伏せていた影が起き上がって橋に向かったとき、右京之介は立ち上がって静かに刺客の前に佇んだ。

三つの影は、ぎょっとしたように立ち竦んだ。

（はて、四つであったと思ったが……）

見誤ったか、と思いながら右京之介は刀の鯉口を切った。辻番小屋（つじばんごや）の灯りは消えていて人の気配はない。

右京之介の落ちついた様子に、三つの影は戸惑ったように身構えた。殺気が放たれてこないので、突然目の前に立ち塞がった者の真意が計りきれないでいる。

「先を急いでおる。そこをどいてもらおう」

右にいる痩せた長身の武士がいった。右京之介は黙って三人の風体を観察していた。

「ふむ」

そう呟いたのは、中央にいるまだ二十歳前と思われる若侍が、どうやら首謀者らしいと分かったせいであった。

「おぬしら、討入りでもなさるおつもりか？」

右京之介は三人を悠然と見つめてそういった。

「なに」

「盗賊(とうぞく)ではなさそうだが、廓(くるわ)に行かれる風体でもなさそうですな」

三人とも黒い小袖を着て、細紐(ほそひも)でたすき掛けにしている。もも引脚半(きゃはん)も闇に溶ける目立たぬ色で、わらじも黒く染めてある。

右端の侍がじわりと右京之介の前ににじり寄ってきた。

「なに奴じゃ」

「辻斬り……」

「なに」

三人は緊張し、腰を落とした。

「ではござらん」

そう続けて訂正したが、三人は身動きもせずに刀の柄に手をかけている。

「故あって生国、姓名は名乗れませんが、ある本懐を遂げるために、こうして出会った方々に、真剣の勝負をお願いしておる者です。すでに数多くの人と立ち合い、幾十百人を斬り倒してござる。今夜はまことにもって格好の相手に恵まれました。さ、そちらから、お抜き下さい」

「ぬぬぬ……」

左側の背の低い侍が口元を歪めて唸った。肩幅が広く、鍛えられた胸の厚みが夜目にも感じられる。

「我ら大事な主命を帯びている者、おぬしが如き無頼の徒の相手はできぬわ」

「ほほう、仙台訛がありますな」

そういうと、三人の間にそれまでにない動揺が走った。

「では、わたしから抜かせて頂く」

右京之介は抜刀して青眼（せいがん）に構えた。二人の侍が、中央の若侍をかばうように前に進み出るなり、腰をさらに低くして二尺二寸の刀身を抜いた。

下段の構えから、じわりと詰めてくる。

「これはお強い。下段からわたしの脇腹をえぐろうという算段ですな。うん、呼吸がぴったりだ」

右京之介の軽口を黙殺して、二人は左右から寸刻みに間合いを詰めてくる。夜を圧迫するように、じわじわと殺気が襲ってくる。

右京之介は刀の峰を返した。

「だが安心されよ。お二人には峰打ちをさし上げる。刀に血糊が付着しては、その真中にいる御仁のお命を頂くことができませんからな」

二人の侍は大きく目を剝いた。淡い月明りの下で、その目に炎が立ったようにすら見えた。

左手の者から先に仕掛けてくるのをかわし様、右京之介は右手にいた長身の者の間合いに入り込み、左胸から斜め上に斬り上げた。

肋骨の折れる鈍い音が響いた。

初太刀をかわされた左手の侍は、裂帛の気合を込めて突き上げてきた。切先が右京之介の髪を掠めた。

右京之介は引かずに踏み込み、峰の鍔元に近い所で、相手の腹を打った。相手は焦り、振り返り様、大上段に刀を振りかぶって打ち込んできた。

右京之介は相手の右肩を狙って刀を振り下した。

「ぐふっ」

相手の呻き声が上がると同時に、肩の骨が音をたてた。初めに倒れた長身の侍は血反吐を吐いてのたうち回っている。その足元に、背の低い侍が膝をついて刀を地面に落とした。

右京之介は一人ずつ上体を起こし、鳩尾に当て身を食らわした。二人の侍は、痛みの中で気を失った。

橋のたもとは八ツ小路という広場になっている。そこに横たわる二つの影が淡く地面に引かれた。静けさが落ちてきた。

「では、参りましょう」

右京之介は最後に一人残った若侍に向かって刀を構えた。若侍は腰を引いた。だが、刀は抜かずに目を大きく見開いて、立ち塞がった長身の右京之介を見つめている。

カチカチと小石のぶつかるような音が若侍の口から洩れてきた。歯が鳴っているのだ。

「なぜ抜かぬ」

右京之介は静かに訊いた。

「お、おれは、抜かぬ」

思った以上に子供っぽい声で若侍はいった。声が震えている。

「真剣での勝負は初めてか」

「そ、そうだ」

「何事も経験。初めての立ち合いで命を失うも剣士の運命。参る」

「い、いやだ」

構わずに右京之介は踏み込んだ。だが、実際に斬る気ではなかった。わざと音をたてて踏み込み、若侍の鼻先一寸のところを斬り下ろした。

ビュッ、と太刀が空を斬る音が響いた。

「ひいっ！」

若侍は腰を地面についた。目と鼻から水が流れている。

「首座流とお見受けした。さ、立ち上がって刀を抜かれい」

「か、勝てぬ、おぬしには勝てぬ」

「立ち合ってみなくては分からぬ」

「分かっている。おぬしには勝てぬ。どうあっても勝てぬ。カネなら出す。おぬしの本懐とやらも、成就させるにはカネが入り用なはずだ」

「カネで命乞いをされるというのか」

「そうだ。これでどうじゃ」

若侍は腹から財布を取り出して右京之介の前にほうり投げた。小判の触れ合う気持のよい音が響き渡った。

ゴクッと、右京之介は喉を鳴らした。その音が外に洩れない内に言葉を放った。

「拙者の本懐とは、一刀流中西忠太子啓が甥、兵馬を討ち倒すこと、金などでは代えられませぬ」

「なに？　兵馬とな！」

「さよう。すでに一度木刀で立ち合い、完膚なきまでにやられ申した。傷をいやすのに半年を要し、さらに一年余り、艱難辛苦を舐め尽くし、ようやく立ち合いのめどが立ち申したところ。相手が誰であろうが、気を緩めるわけにはいき申さん。さ、お立ちあれ」

「ま、待て。おれはおぬしとは絶対にやらん。それより、おぬしが中西兵馬に敗れたというのは、まことか？」

「まことでござる」

「兵馬とは、そんなに手強いのか」

「恥ずかしながら、拙者では歯が立ち申さん」

「うーむ」

若侍は地面に坐り込んだまま腕組みをした。

「いかがなされた」

「いや、それが、その……」

「さ、勝負を決しましょうぞ」

「いやだ。おれはおぬしとはやらん。おれはもう、侍などやめた。さ、その財布を持って消えてくれ」

「さようか。それほどまでにいわれるのなら……」

とりあえず、自分の使命は果たしたようだと思いながら、右京之介は刀を鞘に納めた。あっさりとした引き方だったが、若侍の方では怪しむこともなく、むしろほっとした様子で肩で大きく息をしながら、後じさった。

右京之介は上体を折って、足元にある財布に手を伸ばした。ずっしりと重たい手ごたえがあった。心が弾んだ。

だが、世俗にまみれようとする気持の乱れが、一瞬の隙をつくり出した。

背後から夜気をついて迫ってきた殺気を感じたときには、太股の裏側に熱い痛みを受けていた。

むっ。

右京之介は左肩から前のめりに転がり、片膝をついて身構えた。右手に持っていたのは刀ではなく財布だった。殺られる、と右京之介は思った。

黒い影が大きく被さってきた。急いで脇差しを抜いて片膝をついたまま半身に構えた。

そのとき、不思議なことが起こった。撃ち込んでくるはずの影が、胸元に携(たずさ)えていた刀をダラリと下げ、地中にめり込んでいくかのように、膝を折って崩れ落ちはじめたのだ。

影が消えると、その向こうに、別のほっそりとした姿が浮き上がった。微かに、香(こう)の匂いがする。

女か。

そう思ったとき、夜の息に合わせるように気配(けはい)を殺して佇んでいた女は、右京之介の前に蹲(うずくま)ると、小刀を胸に納め、そっと頭を下げた。

「さし出がましいことをいたしました」

女は硬い口調でいった。少しの息の乱れもない。

「多美殿か」

「はい」

「助かった。先刻までは確かに四人いたと見ておったのだが、不覚をとった」

「この者は、小用をしておりました」

「殺したのか」

「いえ」

「たいした腕だな」

「昼間の兵馬様のご様子が気になりましたので、もしやと思いまして……」

「わたしがこの者たちをつけ、多美殿がわたしのあとをつけていたのか……ちっとも知らなかった」

「血が……」

足の裏を血が伝い、地面に垂れてきていた。右京之介は着物の裾を大きく腰下までまくり上げた。触れると、えぐられた傷口から、血がどくどくと吹き出てきている。

多美は着物の裾を開き、その下の白い布地を素早く引き裂いた。それを右京之介の傷口に当て、強く巻いた。

どたどたと橋を駆けていく者があった。若侍が、裾をからげて逃げていく。それを見てとっさに多美が身体を起こしかけた。

「ほうっておかれい」

そういって右京之介は太股に巻かれた布に手を当てた。

「多美殿の湯文字(ゆもじ)で巻いてもらうとは、わたしの太股は果報者ですな」

「あんなことを……」

右京之介の傍で、多美の息が思いがけなく乱れ、腕に触れてきた手が、異様に熱く感じられた。夜の中で、多美の白い肌はさらに艶(つや)を帯び、その美貌は鮮かな輪郭(りんかく)を現していた。

右京之介は刀を使って、立ち上がった。多美がよろける右京之介を支えた。そのとき、多美の固い胸のふくらみが右京之介の肘(ひじ)に触れた。

はっとしたように多美は身体を引いた。だが、右京之介が転がっている三つの男の身体をよけるようにして歩き出すと、安心したかのように身体を寄せてきた。

「命拾いをした。一生恩にきなくてはいけませんな」

「そんな……でも、奥山様は、わたくしの思っていた通りのお方でしたわ」

「思っていた通りの……いや、それを聞いて安心した。あやつらから金子をせしめたことは……」

そういって右京之介はさっきからずっと握っていた重たい財布を掌の上でほうり投げた。ジャリ、と賑やかな音がした。

「……そなたの父上や、道場の者たちには内緒にしていただきたい」

「わたくしが申し上げたのは……」

そこまでいって多美は口を押さえた。それから堪りかねたように、小さな声で笑い出した。

七

その夜、痛む足を引きずって寄宿舎に戻ると、隣の部屋からすすり泣きが洩れていた。

右京之介は声をかけずに、まず傷の手当を急いだ。多美の巻いてくれた布地が血に染まっている。

とりあえず止血を終え、蒲団を敷いていると、ふいに、クソッ、とわめく弥太の声が隣室から聞こえてきた。

「なんだ、弥太公か？　そこで何をしておる」

右京之介は隣の部屋に向かって声をかけた。

一瞬の沈黙のあとで、襖が荒々しく開かれた。右京之介は行灯をそちらに向けた。醜い弥太の裸が狸の置物のように立っていた。

「若様、やられました」

「やられた？　何をだ？」

「あ、あいつらに、与、与次郎さんが……あっしは情けねえ……ずっとついていたのに、こんなことになってしまって……」

右京之介は隣の部屋に這っていって、寝床に目を向けた。

与次郎が細い肩を剝き出しにして、うつ伏せになって泣いている。

「若様さえ今夜ついていて下すったら、こんなことにはならなかったのに……クソッ、この仇はどんなことをしてもとってやる。やつらの尻の穴に熱した鉄の棒を突っ込んでやる」

「すると、与次郎殿は、あの山口と上島の二人に……」

「手込めにされたんですぜ。しかも、二度三度となぶりものにされて……」

与次郎は蒲団に顔を埋めて泣いている。細いだけに、その姿は痛々しい。

「弥太はどうしておったのだ」

「あっしはぶん殴られて、気を失ってしまって……その上、やつらは、あっしの尻にまでこんなものを突っ込みやがったんですぜ。もうくやしいの何のって……」

弥太は拳程の頭のあるこけしを突き出した。いったい、そんなものがどこから出て来たのかと右京之介は首を傾げた。

「仇を取って下さい。お願いです。助っ人代はお払いします、あやつらが、二度とこんな悪戯を働かぬよう、徹底的にこらしめて下さい」

蒲団から半身を起こした与次郎は、涙に濡れた美しい顔でそう叫んだ。いいでしょう、と右京之介は頷いた。

「だがお金はいりません。別のところから頂きましたのでね」

「別のところ?」

弥太が急に目を剝き出して右京之介を覗き込んできた。こういうことには異常に敏感な男だった。

「うむ。だが、わたしも少々傷を負った。四、五日待って下さい。必ず仇は取ってみせますから」

　右京之介はそういうと、顔を歪めている二人を置いて、傷の痛みも忘れたかのようににこにことしだした。

八

「お侍をこんなふうに縛ったのは初めてですが気分のいいもんですね。ざまあみろという気になりましたよ」

　茂助は仕事を終えると、大きな石に腰を下ろしてその仕事ぶりを見物していた右京之介の前に来て、にたりと笑った。

「うまいものだ。あれではどう騒いでもほどけない」

　右京之介は茂助に二分金を渡して立ち上がった。こりゃどうも、といって茂助は草をかき分けて立ち去っていった。

「汚ねえ尻を向けやがって、この悪党」

　弥太は山口と上島の二人の尻を交互に竹棒で叩いた。二人とも、すでに気絶しているので、それ程反応を示さない。

「さ、このあとどうしようとお二人の勝手です。存分に痛めつけて下さい」

右京之介は弥太と心細げに突っ立っている黒柳与次郎に向かっていった。

「ど、どうしたらいいでしょう」

与次郎は二人の男の周囲をウロウロしながら決断がつきかねる様子でいる。

二人の男は裸にされ、丁度座禅を組んだ形のまま、緊縛師の茂助に荒縄でがんじがらめに縛りつけられ、野原に転がされている。形としては、仏像がコトンと前に倒された格好になる。無様であった。

だが気絶してはいるが、頭と両膝の三角点で地面を支えているので、形は少しも崩れていない。二人の尻の穴はそろそろ暮れてきた薄い光の下でも、見るに耐えられない程醜くただれている。

「とにかく、まずは目を覚まさせることですな」

右京之介がそういうと、合点承知、と叫んで、弥太は用意してきた木桶にくんだ水を、二人の頭にぶっかけた。

むぐむぐ、と呻いて二人がそろそろ目を覚まし出すと、それとばかり、弥太は下帯をまくって小便を二人の顔にひっかけた。

「やーい、ざまあみろ、この悪党ども」

「うっ、な、何をする。やめろ!　やめんか!」

「なんだ、何をするんだ」

「おい、解いてくれ。縄を解いてくれ、頼む」

二人の男は、赤くむくれ上がった顔の中にある目をまっ赤にさせて、野原に頭を突き立てられたまま叫んだ。

右京之介は刀を刺し終ると手をはたいて空を見上げた。

「うん、近づいてきた。さあ、じきに雨がくるから、我らもここを引き上げましょう」

「若様、ここに刺した刀は、どんな意味があるんでやんすか」

「雷様がここに落ちてくるのです」

げっ、といったのは上島だった。

「昔から雷様はどういうわけか広いところにある金気(かなけ)のものが好きで、ドカーンと落ちてきて大きな火傷のあとを地面に作るのですね」

「や、やめてくれ！　許してくれ！」

「だめ」

ぴしゃりといって、右京之介は先に立って野原を大川の方に向かって歩き出した。

「しかし、もし雷があそこに落ちたら、あの者たちはどうなるのですか」

与次郎は右京之介に追いつくと、息づかいも荒くそう訊いた。

「尻ぐらいは火傷するでしょうな」

「や、火傷ですみますか?」

「すまないこともあるでしょう」

右京之介は足を速めた。二人の男のわめき声が、大きくなってきた雷の音に混じって、野原を渡ってくる。

ピカッ、と光り、天空が一瞬昼のように明るくなった。三人は足をとめて空を見上げた。

「若様、矢島さまから頼まれた札差の永井様のお仕事ですがねえ、ほら、例の永井様の娘を護るという。できればあっしの方にもいくらかの手間賃を……」

ボカーンと大地を殴りつけるようなすさまじい音が響き、弥太と与次郎は悲鳴をあげた。

「あの仕事なら断られた」

雷鳴が静まると、右京之介が思い出したようにいった。

「永井という人に引き合わされたのだが、その場で引き取ってくれと言い渡された」

「そりゃまた。なぜでやんすか？」

「狙われているのはあの男の娘というのは真っ赤な嘘だ。わたしの見るところ、あれは永井の妾だ」

「妾？　そりゃ、しかし、なんという……」

「矢島殿も人がいい。自分の大事な娘を悪人から守ってくれと頼む人が、娘をわざわざ狼の餌食になるようなしもた屋に住まわせると思うか」

「あ、そういやあ……」

そうでがす、と手を打ちかけた弥太は、雷光が江戸の街一帯に閃くのを見て首を竦めた。

「どうだ、久しぶりに一杯やらんか。わたしのおごりだ」

振り返って若様がそういうのを耳にしたとたん、ゴロゴロとそれまでにない大きな雷が鳴り響いた。

ひえっと首を竦めながら、なるほど、今日は雷が暴れるはずだと弥太は妙に納得して頷いた。久しぶりどころか、若様がおごってくれるのは初めてのことだった。後の方から「許してえー」と喚いているだみ声が響いてくる。

若様はまったく気にする様子もなく、着流しの裾を蹴りたてて歩いていく。

若様、あれが秘剣〝鬼は内〟

一

大川から渡ってきた風が、柳橋で左に折れて神田川を遡り、右京之介の寝転ぶ船宿の二階座敷にまで紛れ込んでくる。

風は初夏の香りを含んでいる。川面に当たって冷やされた分だけ生臭い匂いを運んでくる。流れがゆるく、水はよどんでいて濃い緑に染め上げられている。

脇の小路から子供たちの遊ぶ声が響いてくるが、昼に飲んだ冷や酒がきいてきて、右京之介は雲の上をのたりのたりと漂っている気分になっている。

うーん、このまままきれいどころに囲まれている夢の中に入っていけば、まさに極楽気分であるな、と畳に片肘をつき、掌に頬をのせてうそぶいている内に首尾よく眠りに入っていった。

だが、右京之介の見た夢は少しばかり違ったようである。自分でもしかと分からぬのだが、雲のかわりに、何やら動く物の上に乗っていて、それは決して動物ではなく、川の上をすべる舟でもない。

大変な速さで移動していて、左右の景色がどんどん後方にとばされていく。その速度だけを思えば急流を小舟で下っているようなのだが、感触は波の上にいるよりごつごつしている。

ははあ、これが南蛮人の操る回る足というやつだなと感心していると、鼻のあたりをしきりに突ついてくる羽虫のようなものがいる。

眠りがだんだん浅くなり、それが顔の上で舞いをしている細紐のせいだと分かってきて思わず手で払った。

「ほうらね、こうすれば若様は目を覚ますのよ」

「なーるほど。さすが美人の女将はやることが違う。あっしがいきなり起こしでもしたら無礼討ちに斬り捨てられてしまいまさあ」

へっへ、と下卑た笑いが落ちてきて、右京之介は不承不承片目を開いた。

傍に膝を立てた女将が、真っ昼間から妖艶な笑みを浮かべて右京之介を覗き込んでいる。羽虫だと感じたのは帯締めで、その房の部分を垂らして震わせていたのだ。

右京之介は上体を起こし、伸びをした。

「ああいい気持であった。女将にいたずらをされなければもっといい気持でおられたのにな、おしいことをした」

「あたしもお昼寝のお邪魔をしたくなかったんですよ。でも、こちらの親分がどうしても急な用事があるとおっしゃって……あたしを怨んじゃいやですよ」

女将は立ち上がり様、右京之介の肩をぽんと叩いて出ていった。

「若様、水くさいじゃありやせんか。いってえいつからこんないい隠れ家を見つけたんでやすか」

「うん、十日程前に、ここの船頭が地回りの者たちにいたぶられていたのを助けたことから知り合いになった。弥太公こそ、よくここが分かったな」

「黒柳の与次郎さんに訊いたんでがすよ」

「与次郎殿が？　はて、どうして知ったのかな」

「あの方は若様にもうぞっこんなんでげすよ。若様のことならなんでもご存じでしてね。この船宿も密偵を雇って捜し出したそうなんですぜ」

「そうか、そうであったか」

右京之介は胸に浮いた汗を指先で拭いながら呟いた。午後になって、風はさらにぬるくなってきたようである。

「いじらしいじゃありませんか。若様がこの船宿で過ごしているのを知りながら、うっかり訪ねて行って嫌われでもしたら、それこそ生きる望みがなくなると、あの小さな胸を痛めていらっしゃるのですよ」

「小さな胸か……だが、そういわれても与次郎殿と手を取り、頬すり寄せ合うわけにもいかんしなあ」

黒柳与次郎の細面（ほそおもて）の美男顔と丸い肩、女のような柳腰を思い浮かべて右京之介は首をさすっている。

「情を交（か）わしておやりになればいいじゃありやせんか」

弥太は普段とは違う口調になって怨みがましい目で右京之介を睨んでくる。色黒の顔の中央にある平べったい鼻の頭に吹出物のような汗が浮き上がっている。

「そうはいかん」

「なぜです。あんなに一途（いちず）に若様のことをお慕（した）いしているじゃありやせんか」

「だから困るのだ」

お慕い、などという言葉が弥太の口から吐かれると背中に鳥肌が立つ思いがする。だが、弥太にそんなまっとうな商人じみた言葉を遣わせてしまうところが、与次郎の魅力というものなのだろう。

「実はこの船宿でのたりのたりと過ごすことが多くなったのも、与次郎殿の度を過ぎた親切心の故なのだ」

「と、いわれますと？」

弥太のどんぐり眼がぎろりと剝き出しになった。ん、まあ、と口を濁して右京之介は襟を開いて胸の中に風を送り込んだ。

稽古のあとで寄宿舎の自室で昼寝をしていると、ふと、誰かに風を送られている感じがあった。薄目を開けて見ると、道場に出ていたはずの与次郎が、団扇で扇いでいる。風邪をひかぬようにと、右京之介の腹に薄い掛け蒲団を掛ける程の心配りである。

そこで右京之介は大いに迷う。起き上がってそのような気遣いはかえって迷惑とでもいおうものなら、与次郎は肩を震わせて、ヨヨと泣き出す。そうかといってそのまま再び寝入ってしまうのも申し訳ない。

とどのつまり、冷や汗をかきながら狸寝入りを続けることになる。それが大そうな苦痛なのだ。

「正直にいっちまいますとねえ、あっしも秘かに与次郎さんに心魅かれていたんでやんすよ。この方のためなら長年大事に保存しておいた花の操を差し上げてもいいとまで思い詰めたんでやす」

「それは美談だ」

右京之介は居ずまいを正していった。

「ところがやつらにこけしなんぞを突っ込まれて花の操を散らされて……」

弥太は下帯の前垂れを伸ばしてハナをかんだ。そのやつらは雷に尻を焼かれて国元に帰っていった。それを思い出したのか、弥太はこっくりと頷いて顔を上げた。拭ったはずのハナの一部が弥太の小鼻にくっついていて、いつもの人を食った表情に戻ってきた。

「それであきらめたんでやんすよ。それに、なんつっても越前小笠原藩の国家老の若様と、無宿者の巾着切りとじゃ身分が違い過ぎます」

「ほほう、純情なところがあるのだな」

「あっしなんかより与次郎さんの方がずっといじらしいってもんでやんすよ。汚されてしまった身体では若様に愛でてはいただけない、せめて心ばかりのお世話をしてその気持だけでも訴えたいと……」

ゴホン、と右京之介は咳払いをして片膝を立て、欄干に寄って外を眺めた。水売りの小舟が浅草橋御門の橋の下をくぐってゆっくりと上ってくる。

右京之介は部屋の中に頭を戻していった。

「わたしはてっきり弥太公は岡場所狂いをしているのだと思っておった」

「そりゃもうあっしはできればそっちの方で、一生ぬくぬくずぶずぶと暮したい方でして……」

とたんに弥太は猪首を突き出し、固く盛り上がった頬を叩いた。

「ただ先立つものがないもので、へっへ、巾着切りの稼業も元締がヨイヨイになってしまってこの方、縄張りが狭くなりさっぱりでして」

「その分、もぐりの口入れ稼業でたんまり稼いでいるそうではないか。あやし気な浪人を、札差の用心棒に送り込んでいると聞いておるぞ」

右京之介の声が低くなり、目付きが剣呑になっている。弥太はあわてて頭を振った。この極端な人柄の変化が今もって分からない。

「いや、あっしのはほんの小銭稼ぎでして……それにしても若様はすみにおけませんな。ここの美人の女将はもう若様にぞっこんですぜ。目の色が違いまさあ。

小股の切れ上がったいい女というのはまさにあの女将のことでして、あっしは、一生に一度でいいからあんな美人とチチクリあいたいもんでやんすよ」

「だが毛深い」

「へっ?」

「それで急ぎの用件とは何だ?」

「へえ、それが札差の永井様の娘というのはやっぱりナニでして、矢島様はいたくお腹立ちで、その矢島様のお嬢様の多美様がご看病の傍ら護衛につかれて、いや、あっしが今日参りましたのは、えーと……」

あわてて喋り出したものの弥太は何が何だか分からなくなった。若様のひと言に動揺してしまったせいなのだが、それが何であったか思い出せない。

「悪党払いか、助太刀の仕事でも入ったのかな」

言いながら右京之介は腹を押さえてニンマリとしている。中西兵馬を闇討ちせんとした者が命乞いに置いていった金がたんまり残っている。船宿の女将に前金として五両払ったのだが、それでもまだ三十両程が懐中に入っている。夜盗同然の稼ぎ方であったが、相手がどうしてもといって置いていったのだから仕方がない。多少ハメをはずしても、今年いっぱいはゆっくり暮していける。

「いえ、仕事という程のものではないんでやんすが、若様に住まいを提供してえっていう隠居爺ィが現れやしてね……」

弥太は真面目な顔をして右京之介を仰いでいる。そうすると、やはり鯰を先祖にしているとしか思えない。

「元は浅草で大そうな種問屋を営んでいたらしいんでやんすが、今じゃ家督を倅に譲って本所荒井町のしもた家を買い取って、のんびり隠居暮しをしている爺さんなんですがね、この頃出没している夜盗一味の噂にすっかり脅えてしまいましてね。だれか独り者のお侍さんがいたら、離れに住んでもらえないか、とこういう話なんでやんすよ」

「ふむ」

「用心棒というわけではねえので手間賃といったものは出せないそうなんですがね。まあ、調子がいいといえば調子のいい話ですが、住み込みの下女が三度の飯の仕度をしてくれるというし、こりゃ若様には丁度いい骨休めになるんじゃないかと思いやしてね、それで参ったわけでして」

「無給の護衛か」

「そうとるより、三食家付きでただと考えなすった方がよいでげすよ」

「そうはいっても物盗り騒ぎが起きたら、そ知らぬ顔をするというわけにはいかぬだろう」

「そ知らぬ顔の半兵衛を決め込んでしまえばいいんですよ。侍が離れに住んでいるというだけで爺ィにとっちゃ心強いことなんすから」

「ふむ」

「先方の倅にちらっと若様のことを話しやしたらそりゃもう大喜びでやして、そういう方に住んでいただければ鬼に金棒だと……」

「いいだろう、住まわせて頂きましょう」

「へい。それでいつから？」

「これからさっそく引越しの用意をしよう」

「そりゃいい」

弥太は手を打った。右京之介の鋭い眼光がすぐに飛んできた。

「弥太、今ニヤリとしなかったか」

「め、滅相もない」

「涎が垂れておるぞ」

「ご、ご、ご冗談を」

たらりと弥太の胸を油のような汗が流れた。そこへ、もうお話はお済みですか、といって女将が丸盆に冷や酒と焼いた小魚を乗せて座敷に入ってきた。

「さ、こんなものでも気付けになるでしょ」

弥太の前に丸盆を置いて膝を崩して坐った。手にした団扇でさっそく若様に風を送っている。ほっとしながら弥太は、胸の内からクーンと小犬のような鳴き声が洩れるのを禁じ得なかった。

「女将、すまぬが紙と硯を持ってきてくれぬか」

右京之介は弥太の前に置かれた冷や酒には目もくれずにそういった。つい今しがたまでの凄みのある眉間の皺が消えて、どことなく憂鬱そうな面影を宿している。

「どうぞ。もう墨は磨ってありますよ」

戻ってきた女将が硯箱を置くと、若様は黙って筆を取り、顔を斜め上に振って思案するようにした。

その目が開かれたままいつまでたってもまばたきがされないので、弥太は心配になった。女将も不安気に若様を見つめている。二十六、七の年増だが、その思い悩んだ風情が弥太の心をさらに騒がせてくる。

「うん」

そう唸って若様は筆先を動かしだした。弥太と女将は同じように首をひねって見つめた。紙には丸い輪が二つ描かれ、二つの輪は板と棒で渡されている。

「なんでやんすか、そいつは」

「うん」

そういって若様は唇を突き出した。

「わたしにも分からない。だが、夢の中ではこんなものに跨って、意気揚々と駆けていた」

若様の目に深い空の奥を映したような不思議なきらめきが浮き上がった。

「乗っていたのは、わたしだった。まぎれもない、少年時代のわたしだった……」

弥太は思わず女将と顔を見合わせた。それから申し合わせたように、若様の上に視線を戻した。

「若様……」

そう呼びかけた女将がハッとしたように口をつぐんだ。弥太も冷や酒を宙に浮かせたまま動けなくなった。

若様の目に、透明な涙がみるみる湧き出し、たちまち溢れて大きな滴(しずく)となって頬を伝っていったからである。

二

船宿を出て歩き出すと、白玉売りの店から立ち上がった浪人者があった。汚れた手拭いで頬かむりをしている。

うろんなやつだな、と思いながら右京之介は弥太と連れ立って、平右衛門町の町屋を中西道場のある下谷に向かってゆっくりと歩いていく。

弥太は短くて太い足をこまめに動かしながらしきりに喋(ちゃべ)っている。さる札差に頼まれて腕の立つ用心棒を派遣したところ、酒ぐせが悪く、店の下女にいたずらをしてさんざんな思いをしただの、近頃は旗本の用人(ようにん)から中間(ちゅうげん)をよこしてくれぬかと依頼もくるようになっただのと結構気楽なことを話している。

適当に相槌を打ちながら、右京之介は後からついてくる浪人者のことが少し気になっている。敵意はないようなのだが、太ったひげ面の、おまけに頬かむりをした浪人者につけられるのは気持のよいものではない。それにつけていることを隠そうともしないのが釈然としない。

出羽庄内藩酒井家の下屋敷の白壁が正面に見えるところまで来て、右京之介は足をとめた。振り返ると浪人者も立ち止まってひげを突ついている。

「何か御用かな」

「あ、いやなに、貴公らの向かう方角に何やら吉兆が見えての、あっは、それで勝手に従うておる」

目の大きな赤ら顔の浪人者はそういって笑ってみせた。

「どうかしやしたか？」

何も知らない弥太は暢気な顔を向けている。

「うん、このお方がどうやら弥太公に気があるらしい」

弥太は浪人に負けない程の大きな目をさらに剝き出して睨み上げた。

「冗談いっちゃいけやせん。あっしは、こんな水ぶくれの達磨みてえな野郎には興味はありませんぜ」

弥太は面と向かって見得をきった。さすがに浪人者の顔が強張った。侍に対してそんな口のきき方をする町人などめったにいない。無礼討ちされたところで文句はいえない。弥太が強気になれたのは、勿論、若様が一緒だからである。

「水ぶくれの達磨か。そりゃうまい。だがそんな大口を叩いて、この御仁に背中からバッサリ斬りつけられても知らんぞ」

右京之介はそういってさっさと歩き出した。弥太は跳び上がってあとを追った。

「待っておくんなさいよ」

弥太は背後に首を回して浪人の様子を窺った。そういわれてみると落ちつかない。

「いってえ何者なんすか、あの浪人は」

「知らん。でも、弥太公のあとをつけて船宿まで来たのは確かだな」

「ま、まさか。なんだってあっしのあとなんか……」

そのとき不意に右京之介の腕が伸びてきて、弥太は袖を引かれた。引かれるまに右京之介と身体が入れ替った。すると、トンと頭に当たる物があってチクリと痛みが差して来た。

「お見事！」

そう声高に叫んだのはくだんの浪人者だった。なんのこっちゃと思っていると、浪人者はどたどたと土埃をたてて こちらに駆けつけてきた。

「いやはやさすがは奥山右京之介殿でござる。噂にたがわぬ身のこなし。田島助左衛門感服致した」

　頬かむりを取り、喜色満面の顔で頭を下げている。

「無茶をされては困るなあ」

　右京之介がそういって弥太の髷から抜いたものを見て驚いた。

「こ、小柄じゃありませんか。こ、こいつをあっしに投げつけたんでやすか！」

「おぬしにではない。奥山殿にだ」

　田島と名乗った浪人者は、悪びれた様子もなくひげを揺らして笑っている。傍を若い町娘が二人、何やら楽し気に行き過ぎていく。

「だ、だけど、こいつはあっしの頭に刺さったんですぜ」

　右京之介の手から田島の手に手渡されていく小柄を、弥太は目の当たりにして唾をとばした。

「さよう。つまりそれは、奥山殿がとっさにおぬしと体を入れ替えたためじゃ。いやあ、素早い。さすが江戸一の助太刀武士といわれるだけのことはある」

　田島は右京之介の前で頭を下げ、それから手を取って、さ、さ、といった。

「ご貴殿の腕を試したのには訳がある。無礼はお許し頂いて是非ご相談したいことがあるのじゃ。さ、さ、そこの甘酒屋にでも入って拙者の頼みを聞いてもらいたい」

　勝手に無礼の許しを得た田島助左衛門は、右京之介を町屋のはずれにある甘酒屋に引っぱっていこうとしている。弥太は田島の腕を思いきり叩きつけた。

「痛いではないか」

　右京之介から手を離した田島は、心外、といった目付きで弥太を見返した。

「痛えじゃねえやい。ふざけるのもたいがいにしろい。何が甘酒屋だい。こちとら、てめえの小柄で殺されかけたんだぜ。たまたま髷に突き刺さったから助かったものを、もちっと下にきてりゃ、おれっちの首から血が流れるところだったんだぞ」

「うむ、助かって何より」

「ざけんじゃねえ！　町人だと思ってなめやがると、てめえの喉をかっ切ってやるぞ。何が腕試しだい。おかげでこちとら命を落とすとこだったんだ。どうしてくれるんでえ」

　こうなりゃ破れかぶれとばかり弥太は啖呵を切った。あちこちの店から何事が起きたのかと人々が顔を出してくる。中に顔立ちのよい娘もいて、弥太はちょっと得意になった。

「まあそう怒るな。それよりこの御仁の話というのを聞いてみよう。商売になるかもしれん」

「いやだ。こんなやつの話なんか聞きたくねえ」

弥太は顔をどす黒くさせて怒鳴った。

「いいですかい。こいつが何をいおうが、あっしはもう少しで若様の身替りで死ぬとこだったんですぜ。若様の……」

弥太は手を打ってとび上がった。

「そうだ！　若様がこちとらの袖を引いたんだ。いってえ何だってあんなことをしたんです⁉」

「そうしなければわしに小柄が刺さってしまう」

「よければいいじゃないすか、よければ」

「よけておれば、向こうからやってきていた娘御に当たってしまっていたであろう」

「つ、都合のいいときに気取らないで下せえよ。あと二寸ずれていたらあっしはおだぶつだったんですぜ」

「おぬしは大丈夫だ」

右京之介はそういってさっさと甘酒屋に入っていった。

「やあ、相談に乗ってくれるか。これはたのもしい。親爺、甘酒二つだ」

田島も調子よく太った身体を転がすようにして店に入っていく。

「三つだあ！」

やけになって弥太がそうわめいたのはいうまでもない。

三

「じつは拙者を仇と狙う輩（やから）がおるのだ」

床几（しょうぎ）に腰を下ろすなり田島は目玉をギョロリと剝き出して二人に顔をむけた。

月代（さかやき）は伸び、口も顎もひげに覆われていて、着ているものもつぎはぎがあたっていて、なんともむさ苦しい。薄い板を渡しただけの床几がギシギシと鳴っている。

「狙われている？　するってえと、あんたは仇持ちなんで……」

弥太は不審な面持で丸顔の下品な侍を見返した。

「いや、仇といえば仇なのだがそれは拙者にとっては迷惑な話。敵討ちの免状などは到底藩からはもらえぬはずだから、敵討ちというものでもない。だが、やつらは頭に血が昇っておるからの、果たし合いという形で拙者を呼び出してくるかもしれん」

「どちらにしろ、田島殿は私に加勢をしろということですか」

右京之介の言葉に、お、お、と田島は頷いた。

「そういうことじゃ。いやあ、物分かりのいい人に出会えて拙者は何より嬉しい」

田島は小皺の多い目尻を下げて喜んでいる。

「ちょっと待っておくんなさい。若様への助太刀の依頼はあっしを通してもらうことになってんでさ。あっしが承知しない限り、この話はご破算ですぜ」

「おぬし、意外と厳しいのう」

「まずは、事情をお聞かせ願いやしょう」

今しがたまでの与太者面を遠ざけて、弥太はいっぱしの稼業人のような口ぶりになっている。

「うむ。では話そう。藩名はいえぬが、昨年まで拙者は北のさる小藩で勘定補佐役を勤めておっての。あるとき、原寛五郎と申す上役が不正を……」

「へい、お待ち」

老爺が甘酒を三つ運んできた。暑さの増した昼さがりなので他に客はいない。このあたりの店だと看板娘ぐらいはどこでも置いてあるはずなのだが、浪人者の風体を観察した親爺が、とっさに娘を隠してしまったものらしい。

三人は顔を寄せてふうふうと甘酒を飲んだ。弥太にしてみれば、船宿で馳走になった冷や酒の味が消えてしまうみたいで面白くなかったが、若様が文句もいわずに甘酒を啜っているので仕方なくつき合った。

「それで？」

やけくそで飲み干してから弥太は話の先を促した。

「うむ、どこまで話したかな」

「上役のハラカンと申す御仁が女子を手込(てごめ)にしたところまでです」

右京之介が面白くもおかしくもないといった顔付きでいった。へ？　と弥太は首を傾げた。

「さよう、上役の原寛五郎が手込……ん？　違う違う、あれはいじ汚い男であったが女を犯したりはしない。興味があったのは稚児(ちご)の方じゃ」

「ほほう」

甘酒から顔をあげて右京之介は感心したようにいう。弥太の方を見てにやりとしている。

「くだらねえことといってねえで、早く先を話しておくんなせえ。あっしはこのあと若様の引越しの手伝いをしなくちゃならねえんでさ」

「ほう、引越し？　で、どちらへ移られる？」

「いいから早く」

「うむ。拙者としたことがまた寄り道をした。つまりじゃ、原が帳簿の操作をして藩の公金をちょろまかしているのに拙者が気付いて、それとなく警告したのじゃ」

田島は顎ひげを撫でて得意気に二人を眺めた。ひげに甘酒の汁が付いているのに気付くと、指をあわてて舐めている。好人物のようだが貧しい浪人暮しが現れている。

「だが原は弁解するどころか、滅多なことをいうと為にならぬぞと拙者を脅かしてきた。そこで拙者も腹をくくった。うかうかしているとこっちに罪をなすりつけられかねないからな」

田島は引かずに、出入りの商人から賄賂を受け取っている疑惑ありと、さらに突っ込んで原を糾弾した。

確証があったわけではない。藩では炭を多く必要とする。その炭商人からの勘定書きが他藩に比べて割高なところから、田島はハッタリをきかせてみたのだ。

「これがきいた。原はギロリと拙者を睨んでそのまま下城していきおった。襲われたのはその日の夕刻のことよ」

下級の藩士の多く住む組屋敷に戻るには、原寛五郎ら上士（じょうし）の住む武家町を通らなくてはならない。だが、原の思いがけない反応に不安を感じた田島は町屋を抜け、開墾（かいこん）中の荒地を通る迂回路（うかいろ）を選んで帰った。組屋敷に戻ったら組頭（くみがしら）を訪ね、相談の上勘定奉行にことのあらましを申し立てるつもりでいた。

「道々考えていたのは、原は炭商人に水増し請求をさせ、その差額の分から何割かの割り戻しを受け取っていたのだということであった。しかし、計算してみると、それはたとえ一割でも莫大な金子（きんす）になる。果たしてこれは原ごとき者が一人でなしえる不正かと不審はさらに増した」

北国の日暮れは早い。開墾地を出て、組屋敷に通じる丸木橋にさしかかったとき、暗がりの中からぬっと影が立ち上がった。その影の手にした刀が鉛色の鈍い輝きを発（はな）つのを目にとめて、田島はただもうやみくもに悲鳴をあげた。

「拙者は相撲の方はチトいけるが、剣術の方はてんで駄目でござってな。白刃を抜かれたのも初めてのことで、いやもう動転して女のように声をあげたのでござるよ」

驚いたのは相手の方も同じだった。大の男の恥も外聞もない悲鳴に一瞬たじろいだようだった。その隙を見出したわけではない。

「わけではないが、気付いたときには拙者の身体は相手の胸板にぶつかっていっておった」

相手の身体は一回り小さい。田島のぶちかましを受けてあっと叫び声をあげたその侍は、一間程も後にとび、そのまま勢いよく川に転げ落ちていった。

「川といっても幅は二間、水深は膝頭までの小川でござっての。敵はすぐに這い上がってくるものと、拙者は一目散に逃げ帰ったのじゃ」

家には二人の妹が待っていた。上の妹は一度嫁いだが不縁になって戻ってきた。二十一歳の若さで出戻りである。

「もったいねえ」

弥太はハナを啜り上げた。この先何十年も、空家で過ごす女がいることを思うと喘(あえ)ぎ声が出てきそうなほどなのである。

右京之介はと見ると、何を考えているのか分からないが、煤(すす)けた甘酒屋の天井を、少しばかり頬を染めて見上げている。

「この上の妹の志乃が気丈なやつでな……」

戻ってきた兄の異変を感じとり、すかさず家中の戸を落とした。誰が来ても入れるな、という兄の言葉に頷き、懐刀を用意して玄関脇の小部屋に坐り、一晩中寝ずの番をした。

「なるほど、そのご気性が不縁のもとだ」

弥太はそういって手を打った。右京之介が神妙な顔をして頷いている。やはり、気の強い女は苦手らしい。

「下の妹は綾乃といって、いたってのんびりした性格でな。兄上様、お顔色がお悪うございます、といいながら、晩飯を食うとさっさと寝てしまってな」

だがこの妹のおかげで田島助左衛門の江戸での生活は成り立っている。兄について江戸にきた綾乃は谷中八軒町の湿った裏店に住み、文句もいわず、手習いを近所の子供たちに教えて兄の世話を焼いているという。

「そ、その、下の妹御はおいくつで？」

弥太はどもった。一度でいいからお武家様の姫様と情を交わしてみたいといういやしさがその鯰顔に表れている。

「十八じゃ。拙者に似て可愛いやつでな」

田島は弥太の下心に気付くことなく、ひげの密生した頬をゆるめて答えている。

「で、そのハラカンと申す御仁はどうなったのですか」

右京之介が、十八歳という艶のある響きにまどわされることなく、事件の話の先を促している。

「それが翌朝になって、こともあろうに、原寛五郎が小川で溺死(できし)しているのが発見されたのじゃ」

「溺死？　しかし、水はわずか膝頭までの深さしかないといわれなかったか？」

「さよう。そこで判明したのであるが、原はヤットウの方は少しはできるが、水練の方はまるで金槌(かなづち)でな。わずかな水の中でもあわてふためいて溺(おぼ)れてしまったらしいのだ」

「ふむ。それで、田島殿が仇と疑われたわけは？」

「拙者が丸木橋を口から泡を吹いて渡っていくのを、普請組(ふしんぐみ)の者が見ていたらしいのだ。あの暗さでも、この達磨が水ぶくれしたような図体は、すぐに田島と分かるらしい」

田島はそういって弥太に目を向けた。にやにやとしている。弥太は、いやはやどうもなどといって頭を掻いてみせた。

「それで、その後の始末はどうなされたのですか？」

「うむ。汚職を働いたといっても拙者一人の手では証拠をそろえるのは困難だ。それに原に連なる者の存在もあって不気味であった。さらに日が経つ内に原の身内の者で、拙者を仇と狙う者がいるという風聞も耳にするようになった。そこで拙者は重病につき今後のお勤めは叶わぬと、自ら隠居願いを申し出たのでござる」

石高は八十五石だ。それでも家中の次男三男坊にとっては垂涎の的。田島はさっそく志乃を説き伏せて婿を取らせ、その婿に家督を譲り、自分は江戸での病気療養を藩に願い出て許しを得、兄に従うという綾乃と共に江戸に出てきたのだという。

「だが、原の家も息子がつぎ、一段落すると原寛五郎の弟で部屋住みの叔父、原陣吉郎と申す者がしきりに仇討ちをとなえるようになった」

藩では敵討ちの免許状など出しはしない。それでは、と原陣吉郎は道場の一門で、同じ部屋住みの同僚を誘って江戸に上り、田島の行方を捜しだした。

「道場の一門の者？」

「さよう。こやつは槍の陣吉郎として藩でも一、二を争う遣い手でな。部屋住みとは申せ、宝蔵院流の流れを汲む巌石流槍術の道場で師範代をしているのでござる」

「槍ですか」

右京之介は浮かない顔をした。

「それに加えてこの者たちには和術の心得がある。元々当藩は躰術を中心とする和術が盛んでな。身の軽い者は空中をとんだりはねたりする。まさに曲芸師のようなはね方で、陣吉郎をはじめ、江戸に一緒について上ってきたと思われる村田八兵衛、それに倉本ナニガシは、槍を地面について空中高く跳び上がる術を会得しておると聞いておるのでござる」

「空中高く跳び上がるので……」

弥太は首を傾げて田島に不細工な顔を向けた。

「さよう。二間ほどの高さの塀なども、その槍をついてひと跳びということだ」

「それは……」

といって右京之介は組んでいた腕を解いた。

「俗にいう棒高跳(ぼうたかと)びというものではござらんのか」

「ん？」

田島と弥太は異口同音に声を発して互いに虚ろな表情を見合わせた。

「や、失敬(しっけい)した。それで、その者たちが江戸に上ったというのは確かなのですか？」

「確かでござる。つい先日、村田八兵衛に拙者の姿を見られてしまってな、あわてて路地裏に駆け込み、あちこち走り回ってやつを撒(ま)いたが、やがては住処(すみか)をつきとめられ、果たし合いを申し込まれるのは必定でござる」

田島はそういって上体を起こし、たるんだ腹を両手で持ち上げるようにして揺すっている。仇と狙われているといっていながらその態度から切実さはあまり窺えない。もっとも、姿形が丸いので、なんとなくゆるんで見えるせいかもしれない。

「するってえと、田島様はもし果たし合いをその連中から申し込まれたあかつきには、うちの若様に助太刀をお願いしたいと、こういうわけでござんすね」

「その、ござんすだ」

「ずい分用意のいい話でやんすねえ」

弥太はそう言いながら鼻クソをほじくっている。

「まあ、そうかもしれんが、早く用意することに越したことはないからの。拙者もまだこの世に未練がある。浪人者とはいえ、一度は妻帯をしたいものだしな」

「ははあ、田島様はこっちの方はまだ未経験で？」

弥太は小指を立てた。とたんに田島の顔がまっ赤になった。

「いや、国元にも酌婦のいる茶屋はある。しかし、古木の節目をさすっているような女たちばかりでな、絹のやわ肌というものにはとんと接したことがないのじゃ。何かいい穴場でもご存じか？」

「ええ、そりゃ、まあ……」

といって顔を上げると右京之介がむっつりした顔で二人を睨んでいる。田島が気付いて、いや、これは不作法なことでござった、といったときには、二人の会話に気分を害したらしい右京之介は、すでに刀を持って立ち上がっていた。

「邪魔をした」

着流しの袖をぽんと音をたてて振り、二人に背中を向けた。

「待たれい！」

床几から勢いよく立ち上がった田島は、毬のように身体を丸めて右京之介の前に回り込み、いきなり土下座をした。

「不作法の段、重々お詫び申す。江戸に参ってすでに半年。仇持ちの身ということも忘れ、つい色事に心を惑わされてしまったは拙者の不覚。ご不快はもっともなことなれど、ここはひとつお腹立ちをおさえ下されて、今一度、それがしの頼みをお聞き届け下さるまいか」

「あなたはどうも真剣でないところがある」

右京之介は恐縮している田島を上から見下して眉をひそめた。

「本当はその原ナニガシに脇腹を槍で突かれたいご所存ではないのですか」

「め、滅相もござらん。それがし、顔にふやけが現れておる故、いささか真剣みに欠けて見え申すかもしれぬが、槍で突かれたいなどとは、まさか、まさかの、くわばらくわばらでござる」

「全然分からん」

右京之介はあきらめたように首を振った。

「その折は是非、それがしの助太刀をお願い致す。この通りでござる」

田島は地べたに額をつける程に身体を折った。だが、まだ地面までは届かない。

「弥太公、頭を押さえてあげなさい」

「へっ？」

いわれて戸惑ったが、その通りにしないとどんな目に遭わされるか分からない。とにかく若様はぶっそうなことこの上ない。

仕方なく弥太は、何事かとキョロキョロしている田島の頭に手をあて、これでもかという程に地面に押しつけた。

「ふえっ」

やっと額に土が触れると「よし」と若様の許しが出た。田島は息もたえだえになって顔を上げた。腹が喘ぎ、顔面は夕焼けに染まったように赤くなっている。

「これで決った。加勢をしましょう」

「かたじけない。田島助左衛門、ご恩は一生忘れん」

「恩は忘れてもよろしいです。ただし、助太刀料はお忘れなく」

右京之介はすました顔でいった。一瞬、蛙にションベンをかけられたような顔になった田島だったが、右京之介のいった意味を理解すると、ポンと手を叩いて立ち上がった。

「そのことならお任せあれ。妹の綾乃がさる旗本の屋敷に御次として奉公に上がることがほぼ決っておってな、先に給金を賜るようお願いする所存なのじゃ。その家の御用人とはひょんなことから昵懇になってな、まずは大丈夫だて」

「それはよろしい。敵方一人につき十両、相手が三人であれば三十両になり申す。よろしくご用意願います」

「さ……」

田島助左衛門は茫然と口を開いた。その前を離れると若様はさっさと歩き去っていく。田島は茹だった巨大なコンニャクのようになってだらしなく立ち尽くしている。

「あっしの分の斡旋料は別計算で一割。都合三十三両になりますぜ。それじゃ、ごきげんよろしゅう」

気の毒、と思ったのはその時だけ。自失の態の田島を置いて若様のあとを追って駆け出すなり、山吹色の三枚の小判が目の前をチラつきだし、弥太は思わず下腹部に熱い痺れを感じて、早くも恍惚の人となっていたのであった。

四

七人の門弟との合稽古を終えると、右京之介は道場の板壁に下がって面と籠手をはずした。

武者窓から入ってくる風はそれ程強くはないが、それでも清新な空気が身体を叩き、生き返った心地がする。

汗を拭いながらスーハーと息を吸っていると「一手お願いできますか」といってきた者がいる。顔を上げた右京之介は、目の前に佇(たたず)んでいる少年剣士を仰いでにっこりとした。

「やあ兵馬殿か。いやいや、今日の稽古はもう充分にいたした。この上兵馬殿の竹刀を受けては死んでしまいます」

「さようなことはないでしょう。しかも小田殿が当道場に入門されてかれこれ四(よ)月(つき)にもなるというのに、私は竹刀を交えさせてもらったことがありません。今日は是が非でも一手御教授願います」

兵馬は言葉つきはおだやかだが、目は狼のように爛々(らんらん)と輝いている。右京之介は頭を振って立ち上がった。

「いや兵馬殿、今日はご免つかまつる。ちと用事もあります故、これで……」

右京之介がそういって兵馬の前を一礼して離れようとすると、床をすべるように進んできた者から、鋭い気合と共に、炎のような木太刀(きだち)が浴びせられた。

横に跳ぶ余裕もなく、右京之介は左手にしていた竹刀の柄でかろうじて受けた。だが、木太刀の勢いに負けて、竹刀を床に落とした。

「うつけ者めが！」

怒鳴ったのは寺田五右衛門宗有こと、寺田五郎である。すでに髪には白いものが混じっているが、身体から発せられる気迫は並のものではない。

「当道場師範の申し出を断るとは何たる痴れ者。それでも中西道場の門弟のつもりか！」

目は燃えて赤く吊り上がり、形相は仁王像のように凄いものになっている。

「いや、ありがたいお申し出ですが、本日の予定は終了しました。今もそう兵馬殿にお断りいたしていたところです」

右京之介は恐縮していってから床に転がった竹刀を取った。

「それが不埒と申しておる！」

寺田五郎の頬は怒りのためぶるぶると震え、唇は白く変色してしまっている。

上座ではつい今まで竹刀の音が鳴っていたが、今は静まり返っている。道場内にいる三百人程の門弟は三哲の一人、寺田五郎の剣幕に驚いて、固唾をのんで見守っている。

「しかもおぬしは兵馬殿と気楽に呼ぶが、数年後には当道場の後継ぎとなられるお方。ここに入門する門弟にとっては、師範に一手御教授頂くことこそが最高の名誉であり、稽古に神（しん）が入ろうというものなのじゃ。門弟二千の内、兵馬様に稽古をつけてもらえる果報者が何人おると心得る。それをおぬしは名指しで指名を頂きながら……」

「もうその辺でよいでしょう。ご老人があまり興奮されるとお身体にさわりますぞ」

右京之介は臆した様子もなくそういって寺田を見下ろしている。寺田の顔が一気に朱に染まった。

「ぬかしたな、小僧」

寺田の目の中の白い部分がぐるりと一回転して、その肩が異様な盛り上がりを見せた。道場内に不安気なざわめきが広がった。

寺田五郎、白井亨（とおる）、そして高柳又四郎が一刀流中西道場の免許皆伝であり、三哲と呼ばれた彼らは若き師範の後支えとなって、道場を守（も）り立てている。

中でも寺田五郎は五十四歳ながらその剣には神気が宿るといわれるほどの豪剣の持ち主である。中西道場にありながら、天真伝（てんしんでん）一刀流を興し、稽古では竹刀を用いず、木太刀をふるって若き門人たちを震え上がらせている。

その寺田に対して、面と向かって年寄り扱いしたのだから、門弟たちの驚きは一様ではなかった。

あわてたのは兵馬も同様である。

「寺田さん、待って下さい。奥山、いや小田殿の事情も知らずに立ち合いを所望した私にも非があります」

「そうではない」

寺田は道場主のとりなしを一蹴した。

「この者は武士のなんたるかを心得ようともせず、剣の修行を甘く見ておる。儂は以前より、この浮わついた小僧の性根を叩きのめしてやらんと機会を窺っていたのでござる。兵馬殿はこの不逞の輩に親しみを抱いておられるようだが、それは兵馬殿の目が曇っているだけのこと。本日ただ今、儂がこの者の本性を暴いてみせましょうぞ」

寺田は木太刀の切先を右京之介の喉元に突き立てた。

「小僧、竹刀の稽古は舞楽の舞いと同じじゃ。だが、今日はそうはいかんぞ。木刀をとれ。一刀流の神髄とは何かを……ぐわっ！」

寺田の口から凄絶な喘ぎ声が上がった。だしぬけに放たれた右京之介の竹刀が、寺田の喉を破ったのである。

「ぐ、ぐわっ！　お、おのれ、卑怯者……お、おのれ……」

寺田は喉を押さえ、床をのたうち回っている。起き上がろうとするが、足が痺れているため半身すら立てることができずにいる。

道場内はあまりの出来事にシンと静まり返ってしまっている。高柳又四郎も白井亭も黙って神棚を背に坐っている。

「小田さん、こんなことを……」

さすがに兵馬は顔を強張らせた。右京之介は寺田から兵馬に目を移して、いやあといって頬をポリポリと掻いてみせた。

「寺田殿が木刀を取れといわれたので突いたのです。試合はその時点で始まっていたはずです」

「…………」

うむ、おう、ふーむという感嘆とも溜息ともつかない声があちらこちらから上がった。

「う、う、こしゃくな、な、な、何をぬかすか、こ、来い、今一度儂が……」

寺田は倒れてもしっかりと握って離さずにいた二尺三寸五分の木太刀を立て、睨みをきかせて、しきりに起き上がろうとしている。

その木太刀の切先が、のたうち回りながらも右京之介の喉元に向けられた。右京之介の身体がすっと動いたのはその時である。その次に、ドーン、と床板を激しく踏み込む音が道場内に響き渡ると、竹刀の先は、起き上がれずにいた寺田五郎の脳天を、激しく打ちすえていた。

寺田五郎は、うーん、と唸って失神してしまった。道場始まって以来の珍事である。

「狼藉者（ろうぜきもの）！」

「おのれ！」

師範代を務める古参の門弟が四人、上座から足音をたてて駆けつけてきた。

「待て、これ以上の私闘（しとう）はならん」

そう叫んだのは白井亨である。まだ二十歳の若さだが、すでに一流の剣士としての風格を備えている。彼は四人の師範代を制すると、ゆっくりと立ち上がり、小柄な身体を運んできて気絶している寺田を背後から抱え起こした。

「ヤッ！」

白井亭は寺田の背中に活(かつ)を入れた。う、う、と呻(うめ)いて寺田は息を吹きかえした。少しの間、目を白黒させてあたりの様子を窺っていたが、目の前に立っている右京之介に焦点が合うと、こやつ！　とカン高い声で喚(わめ)いて指を震わせた。

「おぬしはそれでも剣士か。武道を何と心得おる！」

老人の叫び声が道場内に反響した。かかしのように棒立ちになっていた門弟たちの中には、あまりの声の高さに耳を塞(ふさ)ぐ者もいた。

「構えたあとは、喋ってないで、打ち込むことです」

声の反響がおさまると、右京之介はひと言そういって神棚に向かって礼をした。それから青ざめた顔で立ち尽くしている兵馬に向かって笑いかけた。

「この次には是非、ご一手、ご指南をお願い致します」

右京之介は目礼して兵馬の前を離れた。そこでやっと、道場内には寝言のような戯言(ざれごと)のようなざわめきが響きだした。その中で、床板に坐り込んだままの寺田だけが、カッと目を剝いて、道場を出ていく右京之介を睨みつけていた。

五

汗をかいた身体を井戸水で洗ってから、右京之介は中西道場の寄宿舎に入っていった。すでに種問屋の隠居爺の住まうしもた屋の離れに移って四日になる。寄宿舎に右京之介の荷はもう置いてないが、稽古で使った面、籠手を黒柳与次郎に預かってもらう必要があった。

時刻は朝の四ッ（午前十時）になっていたが、与次郎は床に伏せっていた。右京之介が部屋に入っていくと、微かに開いた目を物憂げに向けてから、びっくりしたようにはね起きた。

「そのままそのまま。起こすつもりはなかったのだが、これを次の稽古のときまで預かってもらおうと思いましてね」

「どうぞ、長持の中に入れて下さい」

「いや、押し入れの隅で結構。今日はチト汗をかいたので干す必要があるのですが」

「わたしがやっておきます」

与次郎は細い肩を出して、軽く咳込んだ。右京之介は乱れた浴衣（ゆかた）を直してやった。ポッと与次郎の頬が赤くなった。

「夏風邪はたちが悪い。せいぜい養生して下さい」

「わたしはもう、駄目かもしれません」

「何をいうのです。こんな風邪くらいで」

「身体も弱いし、剣の才もない。といって学問で道をたてられる程の頭もない。生きているだけ無駄なんです」

「いや、与次郎殿ほど姿形のよい人はいない。こんな羨しいことはないでしょう」

「右京之介様のせめて半分でも男らしくふるまうことができたら、少しは生き方も変りましたものを……」

与次郎は俯いて咳をした。その背中を右京之介はさすっている。与次郎はうっとりと目を閉じている。頃合いを見計らって右京之介は席を立った。

「また助太刀をなさるとか、弥太から伺いました」

「はっきり決ったわけではないのです」

「相手は三人、しかも槍の遣い手とか。大丈夫なのですか」

「さあ、簡単ではないでしょう。だが、今度はできれば斬り合いは避けたいと思っている。双方が互いの立場を理解すれば、手打ちで済むことなのです。では、お気をつけて」

まだ話し足りなさそうにしている与次郎を置いて、右京之介は寄宿舎を出た。

神田川沿いを下って両国橋際の見世物小屋の並ぶ火除地を通った。小屋はまだ時間が早いので静まり返っている。汚いむしろが小屋の入口にかかってゆらゆらと揺れている。

暑いので余計にあたりにはうらさみしさが漂っている。右京之介は全長が九十六間と長い両国橋をゆだった風に押されるようにして歩いていった。

南六間堀町の長次郎店の長屋に入ったとき、見舞いの品を忘れたことに気付いて引き返そうかと迷った。そのとき思いがけなく戸が開いて、多美の美しい顔が現れた。

「や、これは」

「奥山様」

右京之介も戸惑ったが、手桶を手にした多美はもっと驚いて首筋まで朱に染めた。

「矢島殿の傷の具合はいかがかな。いや、弥太の申すことがどうにも要領を得んので、昨日まで、お父上が怪我をしたことを存ぜなんだ。許されよ」

矢島平四郎は永井という札差の妾を泊り込みで護衛していて、深夜闖入してきた賊の一群に腕と右足を刺されて傷を負ったのだという。賊の目的が物盗りなのか、それとも主人に怨みを持つ者の凶行なのかは未だに分からないが、矢島の奮戦があって、一味は何も盗らず、また、主人の妾にも手をつけずに逃げ去ったという。その意味では、矢島は護衛の役目を充分に果たしたことになる。

「傷の具合はいかがかな？」

「もう大分腫れも引きまして、五日もすれば起き上がれるようになると、お医者様は申しております」

「それはよかった。……いま、お休みかな？」

「はい、でも、是非お上がり下さいませ。奥山様がお見舞いに来られたことを知ると大喜び致します故」

「いや、起こしては傷にさわる。ところで弥太の話によると、お父上の代わりとして、多美殿がその娘の護衛を務めておられるとか」

多美はそっと頷いた。恥ずかし気な眼差しに、匂うような女らしさがにじみ出た。

「でも、今はもういたしておりません。妾を実の娘と偽って武士に護衛させるなどもってのほかと、父が大そうな立腹（りっぷく）でございまして」

「うん。それは聞いた」

右京之介は懐中から小判を五枚取り出し、懐紙に包んで多美の前に差し出した。

「些少だが、これはお見舞いです」

「そのようなお気遣いはご無用にございます」

「あなたはわたしの命の恩人でもある」

「あの夜は……」

身体が闇の中で触れ合ったことを思い出したのか、多美の目元が腫れぼったく潤んだ。右京之介は多美の手に小判を握らせた。

「これは困ります」

「弥太からお聞き及びかもしれんが、わたしはさる商家の隠居家の離れに住まいしておる。北本所の荒井町というところで、隣を竜仙寺という寺と接しておる。お父上の身に何か異変でもございましたら、いつでも人を寄こして下さい。すぐに駆けつけて参る」

「ご配慮、かたじけのうございます」

顔を上げた多美は黒目の美しい瞳を右京之介に向けて、ためらいがちにまばたきをした。口元に小さな動きがあったが何もいわずに頭を下げた。では、といって右京之介は長屋を後にした。

六

離れの六畳間で昼寝をしていると、木戸を開けて内庭を通ってまっすぐにやってくる者たちがいる。

足音を聞いて右京之介は蚊にさされた右脛を掻きながら、身体を起こした。案の定、弥太が田島助左衛門を伴ってやってきた。

「若様、ついに来ましたぜ」

「さよう、果たし状が送られてきた」

田島は先日と比べて態度に落ちつきがない。さすがに仇討ちが現実のこととなると気持にゆとりがなくなってきたようだ。

「明後日の五日、明け五ツ（午前八時）とある」

田島は弥太に続いて庭に面した廊下から上がり込んできた。田島が差し出した果たし状には、兄、原寛五郎が敵、とはっきりしたためてある。

「敵としながら、果たし合いですか。因果なものだなあ」

「敵はやはり三人。原陣吉郎の他に村田八兵衛と倉本邦之助の三人じゃ。助太刀も連れてきてよいと書かれておるからには、相当自信があるのであろうな」

「戦国時代なら、免許皆伝の槍の遣い手であれば、一人で十人分の働きはしたといわれていますからな」

「す、すると、きゃつら三人で三十人か。だ、大丈夫だろうか」

「何がです？」

「何がって、拙者の助太刀のことだ」

「うーん」

右京之介は寝惚(ねぼ)けた顔を夏空に向けて、首を傾げた。

「うーん、といっては困る。拙者はおぬしだけが頼りなのだ」

「正直申して、勝ち目はない」

「そんな」

田島はあからさまに落胆した。命を落とす当事者にしてみれば、右京之介のひと言はいたく傷つく。

「田島殿、どなたか意中のお方はおありかな」

右京之介の片目が眠そうに開かれて、斜めに田島を見つめている。や、や、若様の雰囲気が何やら剣呑になってきたぞ、と思いながら、弥太は首を竦めて二人を眺めている。

「意中の方といわれると？」

田島は右京之介の性格をまだ知らないからいちおう正常な言葉で応答している。

「奥方候補ですよ」

「いや、しがない浪人暮し。おまけに大飯食いの二十八貫目。なかなかそのような奇特な女子には出会い申さん」

「では適当な女を見つくろって今日にでも祝言をあげ、この際たとえ二、三日だけでも妻帯者の気分を味わわれてはいかがでしょう」

「ど、どういうことでござるか？」

そう呟いてから田島は目も口も同時に大きく開いた。

「せ、拙者に命を捨てろといわれるのか！」

「勝ち目のない戦さはわたしにとっても無意味。それに原寛五郎の不正の件にしても、ご貴殿から聞いたのみで、果たして本当のことかどうか分かりません。もしかしたら、女子の奪い合いから私怨にかられてあんたが原を闇討ちしたのかもしれない」

「違う、そんなことは断じてござらん。先日話したことが真実でござる。信じてちょうだい」

田島は両手を目の前で合わせている。ついに若様も神様になっちゃったと弥太は腹の中で笑っていた。

「弥太公」

いきなり呼ばれて腰が抜けそうになった。へえ、へえ、と返事をして首をすくめた。

「助太刀料はもらったか？」

「それが、妹の綾乃さんの奉公先では、給金はわずか年四両二分しか払えねえとおっしゃるそうで」

「それにしても、しもた屋とは申せ、立派な家でござるな。庭も見事だ。母屋には十畳の茶ノ間もあるというではないか。ほほう、屋根は檜葉の板葺きではないか、これは余程の金持のものでござるな」

田島は弥太と右京之介の話を耳にした様子も見せず、首を回してしきりに家の中を眺めては、なにやらとぼけようと頑張っている。

そこへ丁度、この家の隠居が下駄をつっかけて庭に出てきた。やあ、これはご隠居でござるか、とさっそく田島は如才なく声をかけている。

「なかなかよいお住まいでござるな。当節これだけの家、これだけの庭をもった隠居所はめったにおめにかかれませんぞ」

「いや、奥山様、お客様でしたか」

白髪の隠居は艶のある頬を離れに向けてごきげんそうにしている。

「ではお春にお茶なりと運ばせましょう。これ、お春、お春……あ、お春か。奥山様のところにお客様がお二人お見えだ。お茶を入れて差し上げなさい。あ、奥山様のぶんも忘れるでないぞ」

「いや、お気を遣わんで下さい。はは、恐縮恐縮」

と田島は無闇に調子がいい。

「こちらの方こそ、奥山様のように立派なお武家様に住んでいただいて、心強い限りですよ。なにせ近頃は盗っ人が強盗に早がわりしたりのいそぎ仕事をする輩が多くて、ぶっそうでかないません」

笑いながらいった隠居の目は、素早く二人の客の風体を品定めしたようである。

「ふむ」

右京之介はそう頷いて横になった。

「ではごゆるりと」

隠居は如才ない笑みを浮かべて頭を下げた。

「いや、こちらこそ、騒がせて済まなんだ」

田島は頬肉を丸く脹らませて笑って挨拶を返した。

「田島様、あと二日のお命だというのに、たいそうなごきげんじゃありませんか」

「ぶ、ぶっそうなことをいうな」

田島は唇を震わせて目を剝いた。隠居の姿が母屋に消えると、弥太がそっと右京之介の傍に膝を進ませてきて囁いた。

「若様、あの爺ィ、ただ者じゃありませんよ」

「やはりそう思うか」

「へエ、目の配り、腰のすわり、相当な年季が入ってやすぜ。それに、いそぎ仕事なんて言葉は、素人の者が口にするものじゃありません」

「すると若い頃には鬼平に追われたこともあるかもしれんな」

「オニヘイ？」

「それはそうと、弥太は拙者をこの隠居家に押し込んで、あの爺さんからいくら手数料をもらったのだ。三両か？」

「とんでもねえ。たったの銀二朱……あっ！」

「アッハハハ、語るに落ちるとは、おまえのことだ」

右京之介は心地良さげに笑っている。そこへ田島が、あのうと恐る恐る首を伸ばしてきた。

「なんとかきゃつらに勝てる方法を考えてもらえんだろか」

「ちょっと待った、若様、答えるのは、助太刀料の前金半分を頂いてからにして下せえ」

弥太がおっかない目付きになって田島に睨みをきかした。相撲取りにでもなれようというほどの身体なのに、田島はみじめな程縮んで卑屈な顔になっている。

「その儀については、妹めが何とか……」

「じゃあ、いっそのこと吉原にでも出しますかい？　もちっと遠くがいいというのなら潮来(いたこ)でもいいぜ。武家の娘さんなら三十両どころか七、八十両も出してくれらあ」

「いや、く、苦界(くがい)に身を沈めさせるのは、兄としては、いささか、心苦しいのだ」

「じゃあ、代わりにあんたはこの世とおさらばすることになりますぜ」

う、う、と田島は呻いている。この家の隠居に対したときの調子のよさはすっかり失(う)せて、低い鼻の頭に小粒の汗を浮かべている。

「……槍には、やはり、竹藪(たけやぶ)だな」

田島の呻吟(しんぎん)には頓着なく、頬杖をついて寝そべっていた右京之介がそう呟いた。

「竹藪の中に誘い込めば、槍は自由には遣えないだろうからな」

「ですが若様、やつらが指定してきた場所は、この先の大川を遡(さかのぼ)った通称牛の御前の裏手に広がる荒地でやんすよ。死んだ奴らを埋めるには丁度いいとこですが、竹藪なんかはどこにもありませんぜ」

「なければ作ればよいではないか。猿の秀吉だってたった一夜で城を造った」

「し、しかし、そうはいっても……」

そこへ、お待たせしました、といって小女(こおんな)の春(はる)が盆に湯呑みを乗せてやってきた。十六歳の色黒の娘である。右京之介は起き上がって茶をひと口飲んだ。ヒケン、という呟きが洩れたのはその直後のことである。

「な、なんと申された？　今、秘剣と申されたのか？」

右京之介に命を預けた形の田島は、必死の形相になってにじり寄ってきた。それでも湯呑みはしっかり手にしている。

「さよう。三本の凄腕(すごうで)の槍に対抗するには、奥の手を遣わねばなりますまい」

「あ、あるのか、そのような剣技が⁉」

田島はさらに右京之介の傍ににじり寄ってきた。身体中から、モワーッと体温が立ちのぼり、人間炭火のようで熱いことこの上ない。

「あるといえばある。ないといえばない」

「…………」

「原の弟にしてみれば、兄が死んだという厳然とした事実は残っている。なかなか話し合いというわけにもいかないでしょう。双方命を落とさずに済むのが一番よいのだが、それには田島殿、あなたの髷の一本でもやつらにくれてやるしかないようだ」

「髷？　おお、こんな髷でよければ何本でもくれてやる。髪はいずれ生えてくるが、首は失くしたら一巻の終りだ。して、奥山殿のいわれる秘剣とは、どのようなものなのであるか？」

「さよう」

といって右京之介はまた茶をひと口飲んで庭の松を眺めている。珍しくすずしい風が部屋に流れてきて、三人の間にいっときの清涼感が漂った。

「……秘剣〝鬼は内〟とでも名付けてみますかな」

右京之介は静かにいった。

「鬼は内……」

鼻の頭だけでなく、脹れた顔中に汗を吹き出した田島は、これまでの勢いがすっかり消えて成仏したような顔色になっている。青い顔に白い汗は珍しい見物だった。

この試合、若様は捨てている。このところの付き合いで、弥太はそこんところが分かるようになってきた。

七

兵馬が寺田五郎と連れ立って、牛の御前裏の広大な荒地に着いたときには、すでに奥山右京之介をはじめ、果たし合いに携わる者たちが集まって待機していた。

まだ明け五ッまでには半刻ばかりの間があったが、荒地には夏の暑い光が溢れている。だが、大川の河口の方から風が上ってくるのでひどい暑さは感じない。

「ふん、相変らずいい気なものじゃ。果たし合いの助太刀などと申しておるが、その実、遊戯場にでもおるつもりでおるのだろう。あのような不埒者に武士の名を名乗られるのは片腹痛いわ」

寺田は憎々し気に言い放った。だが、兵馬は頷きもせずに黙っていた。

今日の果たし合いのあることを寺田はどこからか聞き及んできて、兵馬にも同行するように命じてきた。もとより兵馬は見物に行くつもりだったが、時と場合によっては右京之介に加勢するつもりでいた。

兵馬を仇と狙う仙台藩の元指南役の倅から、もうおぬしをつけ狙うのはやめた、という妙な手紙を受け取ったのは五日前のことである。

理由は記していなかったが、何か手ひどい目に遭わされ、剣士としての自信が揺らいでしまったことが文面から感じられた。そのとき、兵馬は、これは右京之介が陰でどうにかしたのではないか、という考えに思い至ったのである。

真剣勝負に極意はあるのか、と右京之介に尋ねた日の夜、高田藩榊原家の屋敷に出かけた帰りに昌平橋を駕籠で渡った。すると、橋詰の火除地の闇から微かな剣音が響いてくるのを聞いた。緊張の中で、それは自分を待ち伏せていた者たちのたてる剣音だととっさに思った。

右京之介の顔が浮かんだのは何事もなく道場に戻ってからのことだった。もし自分を秘かに守ってくれる者がいたのだとしたら、それは右京之介以外にはあり得ないと思えたのだ。その思いは日増しに強くなり、ついに何者かから手紙を受け取ったときには確信するに至ったのである。だが、何故そのようなことを、と疑問に思うとその答は容易に出てこない。

「あやつはいわば妖術遣いなのじゃ」

傍らに佇んだ寺田五郎が憤然と言い放った。しかし兵馬は、右京之介の剣術を妖術だとする寺田の気持は私怨から出ているもので、決して公平な見方ではないと思っていた。先日の道場での一件は寺田の剣客としての誇りを大いに傷つけたものだが、いきなり木太刀を右京之介に振るったのは寺田の方であり、その時点から戦さが始まっているとすれば、寺田が受けた屈辱は油断から出たもので、右京之介を卑怯者呼ばわりするのは適当ではない、と兵馬は考えていた。

「見なされ。子供たちと戯れおって。ああして敵方の目を欺く(あざむ)のだ。やつの剣技などどうせまがいものに決っておる」

二人の目の先、二十間程のところに右京之介はいて、十数人の子供たちと何やら楽し気に笑い合っている。時折竹竿をもって追いかけごっこのようなことをしている姿は、右京之介その人が少年のようにも見えてくる。とてもこれから果し合いに臨む人とは思えないくつろぎ方なのだ。

——不思議な人だ。

兵馬は何か自分の身体が空中に引き上げられていくような感覚を抱かされた。右京之介の生き方を思っていると、そんな感じにいつもとらわれてしまうのである。

「おお、あの者たちが相手方か。うん、これはできる。あの三人はできるぞ」

河原堤を越えて、荒地に向かってくる三人の武士の姿が強い光の中に浮き上がってきた。こちら側にいる者たちが、いっせいに緊張してやってくる三人に向き直った。

迎え撃つ者たちの中でたすきをしているのは、水脹れのように太った侍一人だけである。その横に小太りの町人がいるが、その者では戦力になり得ない。道場の門弟の黒柳与次郎も後方にいるが、これは単なる付き添いだろう。しかし、父親五十がらみの浪人とその娘らしい二人には武道の心得が窺える。

の浪人は怪我をしているらしく立っていることさえつらそうだ。娘は父を両手で支えている。その姿はなんとも美しい。

もう一人、顔立ちの丸い武家の娘にしてはしごくおだやかで愛くるしい顔立ちの娘が、離れた所に一人で佇んでいる。これはあの巨体の武士の妹かもしれぬと兵馬は観察した。面影に似ているところがあった。

その他には商家の娘とその下女、近在の農民の姿などがチラホラしている。光が強くなってきたせいか、見ている者たちの額にも汗が浮き上がってきている。

果たし合いにしては、いかにも妙な雰囲気であるな、と兵馬は感じていた。殺伐(さつばつ)としたものがなく、しかも、見物人に女が多い。それに、助太刀をする右京之介は袴(はかま)をつけず、着流し姿でいるのが緊迫感を殺(そ)ぎ落としているのである。

三人の武士が肩を怒らせて近づいてくるのを、右京之介は子供たちと一緒になって、何かしら、という表情で眺めている。

「田島助左衛門、よくぞ逃げずに来れたものだな。まずは感心と誉(ほ)めてやるわい」

巨体の浪人者の五間近くまで来たとき、中央にいる武士がそう叫んだ。

「よくも兄、原寛五郎を策略によって陥れたな。兄の自害はおぬしのせいだ。

弟、原陣吉郎、兄の怨みを晴らしてくれん」

「自害？　自害とは解せん。原寛五郎殿は自らの不始末によって溺れ死んだものであろうが」

「えーい、ここに来て弁解するか。許さん。いくぞ」

「村田八兵衛、義によって助太刀いたす」

「同じく倉本邦之助、奸物、田島助左衛門を討ち果たしてくれよう」

原の左右にいるずんぐりむっくりとした二人が声を放って槍を取り、構えた。

三人とも袴のもも立ちを取り、腰を沈めた。巨体の男はおろおろと二間ほど後に下がり、泣きそうな顔で右京之介に顔を向けた。

「ちょっと待った」

右京之介はそういって子供たちの間から起き上がり、三人の前に佇んだ。

「仇討ちというが、貴殿の兄、ハラカンは城下の商人から賄賂を受け取っていたのでござるぞ。それをここにいる田島殿に暴露され、困ったハラカンはいっそのことで田島殿を闇討ちにほうむろうと待ち伏せして、反対に天罰を受けて川にはまったものだ。仇討ち呼ばわりは迷惑千万。ましてや、田島殿が策略をろうしたなどとは言いがかりもはなはだしいと覚えるが、いかがかな」

「黙れ！　この期(ご)におよんで何をいうか、下がれ下がれ！　下がらんと貴様も串刺しにするぞ」

原陣吉郎はそう言い様(ざま)、乱暴にも右京之介の胸に槍を突きたててきた。

何かキラリと光ったのはそのときである。その輝きは、右京之介の動きの速さが引き起こした光の乱れのせいであったかもしれない。

兵馬が瞬(まばた)きする間に、右京之介の身体は原の懐にとび込んでいて、その槍の柄をつかんでいた。

「賄賂の証拠もあるそうだ。これを奉行に差し出せば原家は断絶。そうしないのは田島殿の慈悲(じひ)だと思われぬか」

「思わぬ。えーい、離せ」

目玉を剝き出して原は喚いた。右京之介は槍を握って原の身体を半転させた。

すると、右京之介は背中から風を受けることになった。

「では、田島殿の髷を一本差し上げる。それでいかがかな」

「たわけ！　こやつの髷と兄者の命が引き換えにできるか！」

「では、どうしても？」

「やる！」

「そちらのお二人も？」

「おお、田島を刺す」

「刺して首を持ち帰る」

二人とも唾をとばして殺気立っている。右京之介は頭を下げた。兵馬の目には、ガックリと首を落としたようにすら見えた。

「ではいたし方ない。わたしは田島殿に加勢をします。では弥太公、田島殿、秘剣〝鬼は内〟ご開帳といきましょう」

「な、なんじゃと！　鬼は内だ？　ご開帳だと？　ふざけておる！」

寺田が傍で怒鳴り、肩を怒らせた。

「だが、勝負はすでに決しておる」

寺田の言葉が聞こえたように、右京之介は原の槍から手を離して後方に跳んだ。槍の三人は身構えた。だが、その三人に対する町人を含んだこちら側の三人のとった次の行動は、極めて奇妙なものだった。

いつの間に用意してあったのか、ずんぐりとした町人の手にした竹ザルの中に幾十ものお手玉に似た紙袋が盛られていて、それを三人が手にして、次々に槍の武士に投げつけだしたのである。

紙袋の中には小石でも入れられているものと見えて、風にのってまっすぐに飛んでいく。

「なんだこんなもの」

「こしゃくな」

「我らを愚弄するか。たわけ者め……」

三人は飛んでくる紙袋をこともなげに槍先でつき立て、破っていく。

「ファックション！」

不意に原陣吉郎が戦さの最中だというのに大きなくしゃみをした。続けて他の二人もファックションとやり出した。

「な、なんだこれは。ブ、ブ、ブファックション！」

「これはたまらん、ぐわっくしょん！」

「目が、目が、見えん、ファックション！」

その大きなくしゃみに見物人の間から笑いが洩れた。

「あれは南蛮渡来の胡椒じゃ」

と娘に支えられた浪人が声を放った。三人は槍を構えるどころではなく、よろよろしている。

右京之介が子供たちに向かって手をあげたのはその時だった。

「では江戸浄化わっぱ隊、突撃！」

その声に合わせて、十数人の子供たちが、いっせいに六尺もある竹竿を携えて走り出した。

「わーい、わーい、あっちに行けェ」

とはやしながら三人を北の方にどんどん押しつめていく。男の子ばかりでなく、女の子まで混じっている。

「鬼さん鬼さん、あっち行け」

竹竿で突き立てられても相手が子供ではどうすることもできない。ついに一カ所に追いつめられたと見えたとたん、三人の武士の姿が地表からかき消えた。

「わあ！　蛇だあ！」

「助けてくれえ！」

深い穴に落ちた三人は、かろうじて頭だけが覗いている。その三人の頭を子供たちの竹竿がパシパシと叩く。すると巨体の浪人者と町人が、大きな網の端と端とを持って走ってきて、三人の頭の上に被せた。三人は穴から出ることもできず、子供たちから竹竿で打たれ放題になっている。

「ハックション。痛え、やめろ、やめてくれ！」

「蛇が穴に、蛇が穴に、こんなにたくさん、蛇が、蛇が……」

二人の武士はわめき続けているが、もう一人の倉本という男はもう白眼を剝いて失神している。

「な、何が秘剣〝鬼は内〟じゃ。わっぱを使って落とし穴に追い込んだだけではないか」

そういって寺田は形相を赤鬼のようにさせて怒っている。兵馬は笑い出した。

「どうだ？　田島殿の髷を国元に持ち帰るかな？」

「持ち帰る、持ち帰る」

原は顔をぐじゃぐじゃにして頷いた。

「出してくれ。ワシャ、もうダメじゃ」

村田は涙を流している。

「承知した」

頷くと、右京之介は剣を抜き放った。傍にいる田島の髷がとび、網目を抜けて、穴の中にいる原の顔の上に落ちた。見事な抜き打ちだった。

「茶番だ。儂は帰る」

寺田はそういうなり顎を振って立ち去っていった。兵馬が、「寺田はいいものを見逃した、それは修行不足のせいだ」と思ったのは、その次に、子供たちが穴から這い上がった三人の武士の肩や背中を、まるで愛撫するように、その小さな手で次から次へと叩いて埃を落としてやっていたからである。

兵馬は感心しながら右京之介に近づいていった。だが、先に近づいたのは田島の妹らしい武家娘だった。娘が右京之介に語りかけたその言葉を耳にして、兵馬は覚えず腹の底まで赤くなった。

「この身は全て右京之介様に捧げまする。どうなりとご自由に転がして下さいませ、ませ」

右京之介は何かいった。だが、その言葉は兵馬の耳には届いてこなかった。

若様、何処の空へ

一

「ほほう、それで望み通り奥山殿に転がされ、さらには茶店に売りとばされたというわけか」

矢島平四郎は茶菓子を運んできた田島助左衛門の妹の綾乃に軽口を叩いた。武家の娘にそのようなぞんざいな口をきいて揶揄することはめったにないが、綾乃にはそうしてもいいような鷹揚さが感じられる。

「若様はそのような無体をなさる方ではございませぬ。それ故、あのようなことを口にすることができたのでございます」

案の定、口調は硬いが綾乃の目元はなごんでいる。ぽっちゃりとした丸顔の白い頬には笑みさえ浮いている。

「それに若様は綾乃を売りとばしたのではございませぬ。綾乃の方から、若様にお仕えしたいとお願い申し上げたのでございまする」

「いや、これは一本まいった。このような美しい娘御に慕われて、奥山殿は果報者であるな」

「そのように持ち上げても、お茶代はまかりませんよ」

綾乃は急にくだけた言葉遣いになって矢島を妖しい目で睨みつけてきた。矢島の背中でぞくりとうごめくものがあった。妻を亡くして八年、四十も半ばを過ぎたとはいえ男の芯を枯らしきったわけではない。

「じゃあ、あちきが若様にお願いして進ぜましょう」

弥太が目玉を剝いて綾乃を見上げた。ぶ厚い下唇が異様な盛り上がりをみせている。

「何をですか？」

「綾乃様が、早くしっぽり濡らしてほしいと若様に頼んでまし……ぎゃあ！」

弥太は悲鳴を上げて床几から転げ落ちた。その声に驚いた奥の席にいる客が、何事かと腰を上げて眺めている。茶をぶっかけられた弥太の首筋から胸にかけて湯気が立っている。

「な、何しやがんでえ」

手拭いで首を拭いながら弥太は起き上がってきたが、綾乃の姿はもう店の奥に消えている。

「ちっ、まだ未通女だと思ってやしたが、濡れるなんて秘めごとを知っているようじゃ、もうとっくにしっかり抜かれてますぜ。これだから近頃のお姫様は油断がなんねえ」

胸を拭うついでに顔の汗にも手拭いを当てて弥太は坐り直した。ばかを申すな、といってから矢島は髪を島田に結った綾乃の白い項を思い浮かべた。やはり若い娘はいいと思った。

「綾乃さんもすっかり町娘らしくなったたな」

「へえ、まだ二十日ばかしかたってねえのに、おひさを凌ぐ人気だそうで」

二人は両国橋から南へ二丁程下った薬研堀の茶店高島で冷水と茶を一緒に飲んでいる。ここには、つい三年前までおひさという美女が働いていて、おひさ見たさに店の前には人が絶えなかったという。浅草寺随身門前の難波屋のおきた、芝神明前菊本のおはんと共に江戸三美人の一人に数えられていたが、おひさが米沢町の煎餅屋の若主人のもとに嫁いでからは、店はすっかりさびれてしまった。

「しかし奥山殿は何を酔狂にこんな茶店を買ったのであろうか」

「さあ、あっしらには、若様の考えていることなんかさっぱり分からねえんで。でえいち助太刀代の三十両をもらうどころか、助けてやった田島助左衛門にこの茶店をまかせてしまいやして、やつの食い扶持まで世話してやった格好になるんでげすよ」

「ほう、あの太った浪人が白玉を作っていると申すのか」

「さいでがす。髷を若様に斬られちまってねえもんだからほっかむりして洗い場に立っていやす」

綾乃の兄、田島助左衛門を仇と狙う三人の侍から救ったのはひと月半前。それだけでなく、奥山右京之介は何を思ったか、やる気を失くしていた茶店高島の主人から店の営業権利を五十八両で買い取って、田島兄妹に店の切り盛りをまかせてしまったというのである。それに、それだけの大金をどのようにして右京之介に都合が出来たのか、不思議であった。

「ふむ。脅迫もするが欲もない。悪だくみも得意だが無償の善意を示して驕るところがない。面妖だが会わずにいると心さみしい。まことにもって奥山殿は不思議な御仁だ」

「さいでがす。それに女にもてるが生娘には手を出さない」

「ま、まことか⁉」

「うっ、汚ねえ。矢島様、唾があっしの目玉にかかりましたぜ」

「こ、これは粗相を致した」

唾をとばしただけでなく、上体を揺らしたために、手にしていた湯呑みから茶がこぼれて袴を濡らしてしまった。

「何かお気に障りやしたか？」

「い、いや、うん、なかなかいい風が吹いてくるな。さすがに八朔を過ぐると一気に秋めいてくるな」

覚えず露出した浅ましい心根を弥太に勘ぐられまいと、矢島は必死で話題を変え、頭を回して袖口をぱたぱたとあおった。

だが、目を転じた大川には、夕方のおだやかな風が吹いていて、時折はっとするような涼風が水面をかすめて吹き上がってくる。空は奥行きの深い青さが広がっていて、西空を背にした富士山には、すでに背後から燃え立つような橙色が迫っている。今日最後の遊びでもするように小さな鳥が群をなして往き過ぎると、鳶が大きく翼を広げて両国橋の上空を飛んで、対岸の大名の下屋敷の塀の前に広がる葦の原の中に舞い降りていった。

「ほほう、賑やかな船が通るな」

大小様々な荷船に混って屋形船も姿を現し始めている。そのほとんどの船は簾を降ろしているが、中に一艘、簾を上げ三味線の音を響かせて大川を遡っていく御座船がある。音に合わせて踊っている芸者のあでやかな姿があり、数名の武士がすでに盛り上がった酒宴の席で笑い声をたてている。艪をあやつる船頭の他に船の屋根にも二人の漕ぎ手がいて、長い棹を川底に突き立てて船足を速めている。岸にいる釣り人が、相当の石高持ちの旗本の騒ぎようを、茫然と眺めてやり過ごした。

矢島は国元にいる頃のことを思い出して、少し哀しい気持になった。この時季、農家では稲の実りを祈って祭をし、矢島は自分を指南役に推挙してくれた中老の屋敷に贈り物を持って挨拶に行った。江戸での浪人暮しなど思いもよらなかったものだった。

矢島様、と呼ばれて頭を戻した。弥太の不細工な面がこちらを向いて小ずるそうに鼻翼をひくつかせている。

「それで、どうされます？」

「どう？」

「あっしと一緒に隠居家を見張ってもらえやすか」

「うん、まあ、他に用があるわけではないから行ってもよいが、肝心の奥山殿はどちらに行かれたのだ」

「へえ。なんでもケチな侍えの囲い者になっている女の相談をうけにいったようでして」

「囲われている女の相談？　どういうことだ？」

「あっしもたしかなことは分からねえんでやすが、どうやらその常磐津の師匠ってのが、今の旦那と別れて新しいのに乗り替えたがっているらしいんで……」

「そんなことに首を突っ込んで、あとから面倒なことにならんのか」

「これも人助けの仕事だとかで……ま、山咲屋のお咲ちゃんからの頼みなのでたいした稼ぎにはならねえんでやすがね」

ふと口をすべらしたことに気付いて、弥太はホゾを嚙んだ。稼ぎにならねえといってしまっては、自分にも斡旋料が手に入ると教えてしまったようなものだ。

案の定、矢島は厳しい目を向けている。

「奥山殿は女子の相手をして銭を稼ぎ、奥山殿の頼みを聞いた拙者はただ働きか」

「へっへ、そんなスネねえで下さいよ。押し入ってきた盗賊をふん縛れば、隠居爺からたんまりお礼のお金がもらえますでげすよ」

「しかし、種問屋の隠居家に、目をつける盗賊がいるとは思えん」

「だからいったじゃないでやんすか。あの爺にはうしろ暗いところがあると。若様だって、妙な奴らが物売りのフリして家の中をのぞいていたといっていたでげしょ」

「ふん」

矢島は仏頂面をして横を向いた。

「いえね、ここんとこ世の中が浮かれていて助太刀稼業がどうも不景気でして、ここらでもう一度パーッと派手にお二人に名を上げて頂きやせんと……」

そこまでいって弥太は手を打った。

「そうだ。いっそのこと、近頃護持院ヶ原に出没するという辻斬り退治をやってみちゃいかがでしょ。矢島様程の腕があれば食い詰め浪人の一人や二人片づけるのは造作もないことで」

「い、いや、その儀については……」

胸を張ると思われた矢島は、奇妙な程に狼狽した。

「まさか、尻込みなさっているんじゃ？」

「そうではない。そうではないが……さて、奥山殿の住まいに行って、その隠居家を見張るとするか」

矢島は咳払いを一つして立ち上がった。気付いた綾乃がお帰りですかと愛想よく寄ってきて、矢島にだけ艶っぽい笑顔を向けている。辻斬りの噂はどうやら本当らしいが、死人が出たわけではない。客を送った帰りの辻駕籠の駕籠かきが、暗がりからぬっと出てきた黒頭巾(くろずきん)の侍にびっくりして逃げ帰ってきて吹聴(ふいちょう)しまくっただけなのだ。だが、侍が二人に向かって抜刀したのは事実らしい。

それだけのことなのに、辻斬りのことを持ち出された矢島のあわてぶりには恐怖心だけではない何かがある。そいつはいってえなんだんべ、とお国訛で考えだしたところへ、「弥太、ぐずぐずせずに早く茶代を置け」と叱る矢島の声にびっくりして、二人分四十文も置けば充分なのに、あわてて銀十匁(もんめ)を懐から取り出してすっかり引っ込みがつかなくなった。綾乃が誇らし気に微笑んで両手を合わせて差し出していたのである。

二

白井亭と共に中西道場に戻ってきた兵馬は、奥の部屋に入って羽織と袴を脱いだ。養父であった三代目中西忠太子啓（たねひろ）がまだ二十歳の頃から働いていたという女中のうめが手伝ってくれた。

「若様、夜食のご用意がしてありますが」

養父が二月に没し、数年後には四代目を継ぐことになっている主（あるじ）でも、三十年近く勤めているうめにとっては、孫のように感じられるのかもしれない。袴をたたみながら見上げた目に慈愛が溢（あふ）れている。

「夜食はいい。白井殿と少し話がある。茶を頼みます」

「何かご心配がございますか」

「うん。だが、おまえに話しても仕方ない。茶を出したら、今夜はもう休め」

「はい。そうさせていただきます」

うめは白地（しろじ）の越後上布を取り出して頷（うなず）いた。大目付からの火急（かきゅう）の用で迎えにきた駕籠に乗って出かけたと、住み込みの門弟から聞かされ、うめなりに心を痛めているのだろう。

着換えて道場と隣接している六畳の部屋にいくと、白井が一人、浮かない顔で坐っていた。

「小川を迎えにやりました。程なく戻りますでしょう」

一つしか置かれていない行灯の灯りの中で、本来は白い白井の顔は青黒く沈んで見える。

「大目付からの申し出で、白井殿はどのように思われますか」

向かい合って坐った兵馬は静かにそう切り出した。白井は、さて、と呟いて腕を組み、首を傾げた。

「いきなり辻斬りが現れた、さあ成敗しろと申されましてもこちらは一介の武芸者。幕臣でもないものがご公儀のお勤めに首を突っ込むのはいかがかと存じます。しかも、すべてことは内密に計らねばならぬというのでは、こちらが辻斬りと間違えられかねませぬ」

「辻番に詰めてもらえぬかというお尋ねはいかがしますか？」

「それも少々都合のよい話。当道場の門弟を派遣せよと申されても、門弟の多くは諸藩の江戸勤番かお旗本の嫡子でございまする。勝手に定廻りの真似事などさせるわけには参りません」

「うん」

兵馬は重い溜息をついて畳に視線を落とした。十四歳のときから先代の内弟子として住み込みで修行した白井は、わずか六年で免許皆伝を許された。もともと小柄で非力であった白井は、それまでいた機迅流依田新八郎の道場で、七年間というもの師から冷たくされながらも一日数百回木刀を振って臂力をつけたという。師から冷たくされたのは、貧しさの故だと聞いている。充分な謝礼が払えなかったからである。

兵馬よりわずか五つ年上ながら、白井の落ちつき払った態度には老兵士を思わせるような貫禄が備わっている。

「高柳殿はどうされたのであろう」

兵馬はもう一人の師範代、高柳又四郎の名を出した。

「お兄上様がご病気とかで数日前より高柳道場の方にご門弟の稽古をつけに戻っておられます」

「そうか」

うめが茶を運んできて黙って二人の前に置いた。うめが出ていくと、二人は湯呑みを取って茶を啜った。

「しかし、このままお断り申し上げるというわけにはいかないでしょう」

「されど大目付の御下知を賜り、正式にその指揮下に組み入れられるのでなければ、たとえ相手が無法者といえども、勝手に斬りつけることはかないませぬ。もし相手が侍であれば御徒目付衆の御検使を受けるのは必定かと存じます」

「要するに白井殿は、ご公儀よりの捕物勝手の約定を受けない限り、この件についてては手を出すなということなのですね」

「御意」

白井は両手の指を軽く畳について頭を下げた。

兵馬はもう一度重い溜息をつき、目を閉じた。白井のいうことはもっともなことだった。だが、ひとたび大目付から内密の相談を受けた以上、簡単に断るというわけにもいかなかった。

大目付からの使いの者がきて、駕籠を寄こすので至急屋敷に来られたしと伝えてきたのが暮六ッ半（午後七時）過ぎ。何事かと驚き、後見人役の寺田五右衛門の屋敷に人をやったが寺田は目録祝いの宴会に出ていて留守。急いで着換え、部屋で書見をしていた白井亭を同道して慣れない駕籠に揺られていった。

半蔵御門を入って六番町にある大目付神尾伊兵衛の屋敷で駕籠から下りたとき

は、すでにあたりはとっぷり暮れていた。

神尾と会うのは初めてだった。相手も門弟が二千名を超すといわれている江戸随一の中西道場の当主が、まだ顔に幼さの残る十五歳の若者だと知って驚いたようだった。

だが、同道した白井亨の剣名は聞いていたようで、やがて白くなった鬢に指を差し込み、ボリボリと掻きながら口を開いた。

「お手前方のことは若年寄堀大和守殿から聞き及んだ」

兵馬はかしこまって頷いた。堀親宝は信州伊那郡飯田に城を構える二万石の大名である。江戸在府の家臣四十余名の内半数以上が中西道場に門弟として名を連ねている。

「辻斬りが出たと喜ぶうかれ者がおる。知っていたか」

いきなり神尾は下世話な話を持ち出して二人に瞼の垂れた目を向けた。

「は、それらしき者が出没したと、門弟たちが噂するのを耳にしました」

初めの驚きは胸から消えていたが、新たに当惑の思いを浮かべて兵馬は答えた。

「護持院ヶ原じゃ。あのあたりは武家地故、めったに町人は通らぬが、その町人の内で目撃したと声高に喋る者がいる」

神尾は二人を睨みつけるようにして細い顎を突き出した。

神田護持院ヶ原は、一ッ橋御門を出て橋を渡った先にある広大な野原である。五代将軍綱吉の時に大伽藍が建立されたが、吉宗の代に焼け落ち、そのまま打ち捨てられて現在は四番火除地となっている。そこから先、駿河台、小川町に向かって大名屋敷や旗本屋敷がびっしりと続いているが、江戸城を間近に見る護持院ヶ原は未だに昼でも淋しい。夜ともなれば狐狸の類が跋扈している。

「恐れながら、辻斬りの一件は単なる噂にて、実害を蒙った者はおらぬということでありますが」

白井は落ち着き払って神尾を見返した。

「ところがおるのだ。町人ではなく、侍。それも、御小姓組に勤めるれっきとした幕臣じゃ」

神尾は苦りきった顔で言い、自分の右腕を斬る仕種をした。

「肘から下を斬り放たれた。四日前のことだ。無論偶然ではない。この者は辻斬りの噂を聞きつけて、非番の晩に上泉信綱を気取って侍と中間を伴に護持院ヶ原に推参したのじゃが、出喰わした賊に対して一太刀も浴びせつけることなく逃げ帰ったのじゃ。中間は脇腹を打たれて重傷、家士の侍は肩から脾腹まで斬り下げられて即死じゃ」

それを聞いて兵馬と白井はさすがに驚いて互いの顔を見合わせた。御小姓組といえばいわば将軍の親衛隊である。そこに属する武士が無頼の徒を相手に剣を抜き、傷を受けて逃げたとあってはただではすまない。

神尾は声も出せずに唖然としている二人に向かって、このことは城中でも固く箝口令が敷かれていること故、他言無用、と断ったあとでゴホンと一つ咳をした。そして、

「そこもとたちに内々で探索を頼みたい」

とこともなげに言い放ってきた。意表をつかれさらに唖然としていた兵馬は、白井の抗弁を聞く内に、これは幕府方の虫のいい申し出であることが分かってきた。

捕物出役は定廻りの役目ではないのかと慇懃に問い返した白井に対して、神尾は十二人の同心では手が足りず、しかも今の定廻りはみんな四十歳を越していて捕物の役には立たないと答えた。

白井がすかさず臨時廻りの手を借りてはいかがかと申し入れると、その者たち

は定廻りよりさらに年を取っており修羅場の捕物には向かない、それに町奉行の配下の者は武家地での捕縛は役目違いであると神尾は突っぱねた。

「恐れながらいま一度お尋ねしたい儀がござりまする。この探索の一件が御公儀からの御下知でござりますれば、我ら一命にもかえて職務いたす所存でござりまするが、内々のお頼みとなりますれば賊を打ち果たしたとて後々面倒が持ち上がりまする……」

白井は大目付を前にして臆することなく論陣を張った。二本差しを斬り倒したあとに起こるもめごとはどのようなものか、身をもって体験したのではないかと思わせる程の抗弁だった。

神尾は露骨に嫌な顔をした。たかが町道場の師範代とあなどっていたことがその表情から読み取れた。

「辻番詰の者たちでは心もとないのでそちたちに相談をしたのじゃ」

神尾は赤黒くなった頬を白井に向けて目を剝いた。

「公儀辻番の置かれていた享保の頃までならまだしも、昨今の大名持ちの辻番では頼りにならん」

かつて江戸市中に八十七ヵ所の公儀辻番があったことは兵馬も聞いて知ってい

た。それを吉宗は財政逼迫を理由に番太の雇用をやめてしまい、代わりに大名、旗本から人を出すように命じたのである。一万石の大名なら昼間は三人、夜は五人の者を詰めさすことになっていると聞いている。

「辻番請負と申す口入屋がろくな者を連れてこない。百姓、漁師はいうに及ばず博奕打ちや果てには科人まで送り込んでくる。その者たちも日当目当にしらばっくれて堂々と不寝番などをやっておる。しかも頼みの直参までが太平楽に慣れ親しんで剣術の修行を怠っておる始末じゃ」

だから、ここは一つ、日夜剣術を研鑽している中西道場の者こそが、自主的に市中見廻りに出て、不埒な辻斬りを打ち倒し、その亡骸を人知れず葬るべきである。それは国家正義のためになるというのである。

いうことは立派だが、要するにこれ以上直参幕臣を傷つけたくはなく、うまくそちらで処理すればもともと何の事件も起こらなかったということになる、という幕府にとってはまことに都合のいい話を強要されただけなのである。

兵馬はまさに狐が化身したような神尾伊兵衛の面構えを思い浮かべながら、あのように臆面もなく図々しく、姑息に生きなければ幕府の重鎮にはつけないものなのだろうと憂鬱な思いで考えていた。

うめが置いていった湯呑みの中の茶は、すっかり冷たくなっていた。兵馬には、その冷たさが心地良かった。

廊下に足音が立ち、襖の外から訪う小川の声がした。返事をすると、痩せた芋のような小川の細長い顔が襖を開けて現れた。

「寺田殿は御不在でございました。いちおう下男の者に兵馬様がお呼びであると申しつけておきました」

「そうか。今何時であろうか」

「五ツ（午後八時）を四半刻程過ぎております。恐らく、上村殿の祝宴のあと、どちらかへ立ち寄られたのかと存じます」

「分かった。小川はもう休んでよい」

小川の不景気そうな顔が引っ込むと、兵馬は毅然と坐っている白井を眺め「白井殿も今夜はこれで」といって頭を下げた。

白井の立ち上がる気配がした。その姿が襖の向こうに消えると、兵馬の口から覚えず、絞り出すような呻きが洩れた。

頭を振って暗い天井に目を向けた兵馬は、次の瞬間、自分の口から出た思いがけない人の名を耳にして、胸の中が急にすっきりしたように感じられた。

「小田さん……いや、奥山右京之介殿……」

兵馬の口は無意識の内にその名を呼んでいたのである。

三

寺田五郎は、右手に両国の料理屋「浜松」から帰りがけに手渡された折詰を下げて汐見橋を渡った。久しぶりに呑んだ酒が心地よく身体に回って、綿蒲団の上を歩いているような弾みが足元から感じられる。

心地よいのはそればかりではない。目録を与えた上村新八郎は寺田がこの二年余り、竹刀小手のふやけた稽古をさせずに、二尺三寸五分の木太刀のみを手に取らせて修行に励ませた者で、いわば寺田の直弟子だった。

今夜はその宴会であったのだが、上村は小藩とはいえどもさすがに重役の子息らしく、所定の謝礼金の他に御礼として五両を寺田に差し出してきた。免許皆伝の場合の師への謝礼でも一両が相場であるから、これは法外な金額といえた。

今夜はひとつ、おミネに月の手当の他に、一分程も包んでやるとするか。いや、それより、次に来るときにべっこうの簪でも買って持ってきてやるとするか。

四間幅の橋をゆっくりと歩いて渡りながら、寺田はおミネの長い項（うなじ）と柔らかい胸、細くびれた胴を思い浮かべて覚えずにんまりとした。幸い月のない夜で、提灯を持たずにいる寺田の五十四歳のにんまり顔は、闇に覆われて誰からも見られずにすんだ。

堀の上には、秋の夜風が遊んでいる。それがほてった顔に気持いい。

今夜は泊っていくとするか。

無論、初めてのことである。おミネとわりない仲になって三月（みつき）余りになるが、屋敷には必ず戻った。それは、高崎（たかさき）藩に在勤した三十年間の習慣のせいである。だが、主命で一刀流の修行のために江戸に出てきたとはいえ、四代目の後見人となった今は、直参旗本のように毎夜屋敷に縛りつけられるような窮屈（きゅうくつ）な思いをする必要はない。その気になれば、一晩中、夜釣りをしていても咎（とが）める者はいない。

――さすれば、今宵は、おミネの身体を大きく開いて、一晩中突いて突いて泣かせてやろう。

おミネは声の小さい女であり、これまで世間でいう閨房（けいぼう）の声を寺田は一度も耳にしたことがない。小さく呻くだけである。それも、耳を近づけないと聞こえない。それを寺田はおミネの慎みの故だと解釈している。

寺田はこれまでに一冊だけ小咄本を目にしたことがある。門弟が隠し読んでいたのを取り上げたものだが、新婦が股を大きく開かれ、新郎が荒々しく一物を突き立てている春画が挿まれている毒々しいもので、手にするなり破り捨てた。

だが時が経つ内にそのあられもない格好をさせられた新婦の挿絵が脳裏に蘇るようになり、どういうわけか、己では読んだつもりのない小咄まで胸に浮かんでくる。

——足を背中へ搦め、腰を高く突き上げて、おお、いい、いい、と啜り泣きしてよがりける。

汐見橋の橋詰に来て、そこから三丁程のところにおミネが住んでいて己の来るのを今や遅しと待っているかと思うと、寺田は我慢ができなくなり、大胆な程におミネの乱れ姿を思い描き出した。

湯文字を開くと、雪のように白い太股がのたうち、恥毛で隠された女陰は姫貝のごとくぴくぴくとひくついておる。おミネは汗でほつれ髪の貼りついた額を向け、「ああおまえさま、もうどうにもたまりませぬ。いっそ殺しておくんなさいまし」とあえぎ、儂は怒張した得物(えもの)を、「さすれば」と呟きつつ、ずぶりと差す。

「あれえ」とおミネは声をあげて頭を振り乱し、わしは追い手を少しも緩めず、歌麿が描きし大わざ物をずぶずぶと根元まで深く差し入れる。「あれえ、もうもうよくってよくって、いきそうでございまする」とおミネはよがり、のけぞり、のたうちまわる。儂はさらに……。

「ゴクッ」

暗い中で喉鳴りが響いてきた。月はないが星の光は降るようにまたたいている。己の喉がたてた大きな音に多少の恥辱を感じた寺田は照れ隠しに「星が美しい」と声に出して呟いた。だが、下帯を突き上げて勃起した男根(まら)はますます熱を帯び、一向に冷める気配がない。

堀留(ほりどめ)にそって昼間は煮物やこんにゃく、甘酒、白玉などを売る小体(こてい)な店が並んで商いをしているが、五ツ半（午後九時）を過ぎたこの時刻では、そばの屋台が一つ出ているきりだった。その屋台から洩れる弱い灯りが、向かいの通りの船倉の白い壁をぼんやり照らしている。

「わっ！　な、なんでえいってえ。辻斬りじゃああるめえし、ぬっと出てくる奴があるけえ！」

橋を渡って大丸新道をまっすぐに行こうとすると、屋台から立ち上がった職人らしい若僧が、寺田にぶつかりそうになってたんかをきった。提灯を持たずに暗がりから二本差しがいきなり現れたので驚いたのだろう。

「なんじゃと？」

寺田は職人に向けて眉を聳（そびやか）して睨みつけた。もともと寺田は江戸っ子と称する調子のいい浮薄（ふはく）な連中を嫌っている。ことに今夜はこれまでにない妄想をかきたてられ、大いに盛り上がっていたところに水をさされ、憤りが倍増した。

「やい爺ィ！　ヨタヨタと娑婆（しゃば）を歩いてねえで、さっさと地獄に落ちやがれ」

「黙れ下郎（げろう）！」

そう言い様、寺田は脇差しを鞘ごと抜いて職人の首を打った。酒が入り気が大きくなっていた職人は、その一打ちで目を回し、後にひっくり返ったまま動かなくなった。

「斬ったのか」

「ひでえことしやがる」

屋台でそばを啜っていた輩が聞こえよがしに呟くのを、寺田はそ知らぬ振りで打ち捨て、さっさと歩き去った。灯りはなく、商店も表戸（おもてど）を閉ざしているので道は暗い。稲荷を過ぎ、古名大門通りを横切り通旅籠町に入ると、裏通りだというのに、まだ提灯を手にして歩いてくる者の姿がチラホラしている。小さな旅籠のまだ雨戸を閉めきっていない二階から、灯影が伸びて凹凸のある道端を照らしている。そこから押し殺した女の含み笑いも落ちてくる。

瓢箪新道に入ると寺田の足はさらに速くなった。町屋の入口でからんできた職人のことなどすっかり念頭から消え失せて、おミネの裸身ばかりが白蛇のようにうねって目の周りにからみついてくる。

堀留二丁目の路地を左に入ると、そこは長屋になっていて真ん中を溝板が走っている。裏長屋に通じる木戸もその途中にあり、奥の方ではまだ灯りの見える部屋もある。

寺田は一軒の二階家の前で足をとめた。常磐津とち若と書かれた表札が小さく入口にかけられている。寺田は咳払いを一つして格子戸に手をかけ、そろりと開いた。何やら話し声に混じって笑い声が響いてくる。

寺田は土間に立ち、閉ざされた障子に向かってもう一度ゴホンと咳払いを放った。それでも人の立つ気配はない。

「ご免」

剣で鍛えた渋い声をたてると、やっとハイと返事があり、障子が開かれ小女のキワが顔を出した。

「あれま、旦那さまぁ」

野鼠のような顔に驚きの色を濃く浮かべて寺田を見上げた。それからせわし気に奥に目を向け、怯えた表情をまた寺田に返してきた。

「む」

草履が土間に置かれた履物を踏んだ。暗い中で目を凝らすと、それは雪駄であった。裏に金具をつけたもので、橋を歩くとチャラチャラ音をたてるので寺田はそれを軟弱者の履物として嫌っている。粋がった旗本奴が好んで履くのでなおさら不愉快に思っている代物だ。

「客人か？」

キワに視線を戻して訊いた。あ、あの、とキワは暗がりでもそれと分かる程狼狽している。

「上がるぞ」

寺田は小女を無視して敷居に上がった。三畳間と茶の間を仕切っている襖の隙間から細長い灯りが洩れてきて、右隅にある二階に通じる狭い階段をぼんやり照らしている。

その灯りに乗って、男の声とおミネの弾けた笑い声が響いてくる。寺田の身体の底から燃えさかった怒りがこみ上げてきた。キワの困惑ぶりから、おミネが間男を引き込んでいると察知したからである。

大小の刀を差したまま、ずかずかと三畳間を横切り、柱と襖の間に出来た隙間に太い指を差し込み、容赦なく開いた。

バーンと、轟音が家中に鳴り響いた。その衝撃で、家の鴨居が地震にあったときのように揺れた。

畳に向かい合って坐っていた男女が同時に顔を向けた。おミネは目をいっぱいに開いて驚愕の表情をしている。

だが、さらさらとした青地の紬の一重を着た男は、頬に笑みを浮かべたまま寺田を見上げた。

「やあ、寺田殿。これは奇遇ですね」

若侍は目尻を吊り上げて佇んでいるのが寺田だと知って、さらに人なつこそうな笑みを広げた。

「おぬし、ここで何をしておる」

寺田は奥歯を噛みしめ、奥山右京之介と名乗る若侍を睨みつけた。首まで迫り上がってきた怒りは、おミネの相方が寺田が最も忌み嫌う門弟であったと知って怒髪天をつくが如くに沸騰した。奥山の剣はまやかしであり、正統派の撃剣家である寺田にしてみれば、真剣をとってこの者を一刀両断に断ち斬りたい程の憎しみがある。

「何をしておると訊いておるのだ」

「はあ。おミネさんに馳走になってました。酒は極上、サカナもおいしくいただきました」

若侍は明るい顔で答えている。奥歯のこすれ合う音が寺田の脳天にまで響いてきているというのに、若侍はまったく無頓着に過ごしている。しかも、ひとの妾を芸者がわりに使って悔いるところがないのである。

「まあ、お坐りになられたらどうですか」

「坐れじゃと？」

「ああ、その折詰は今夜の祝宴で出された残り物ですね。やはり、柳橋の万八楼ですか」

「両国の『浜松』じゃ」

「うん、あそこは安くてうまい。出入りの芸者も寺田さん好みの年増が多い」

「なに？」

「さ、おミネさん。せっかくだからいただきましょう。脂(あぶら)の乗った蒲焼(かばやき)を食べたあとの口直しにはこれくらいが丁度いい」

若侍は寺田の下げた折詰を無造作に奪い取って、さっさと紐(ひも)をはずして蓋(ふた)を開けている。

「あら、おいしそうですこと」

今の今まで青ざめた顔で肩を小刻みに震わせていたおミネは、急にくつろいだ感じになって折詰の上に上体を伸ばした。コン、と乾いた音がして、二人の頭がぶつかった。

「お、これは申し訳ない。痛かったでしょう」

「いえ、あたしの方こそあわてちゃって。おでこが丸く出ているものだからすぐぶつかっちゃうんですよ」

ぶつかるわけがあるか、と寺田がさらに歯ぎしりを強くして唸っている内に、おミネはキワを呼んで折詰に入った料理を小皿に移すように言いつけた。そのおミネの目の色はいつになく艶っぽく、常磐津の師匠としては普段は薄目にしている化粧も、今夜は念入りに塗り込んである。

「寺田さん、腰のものを抜いて、ま、一杯いきましょう。さ、どうぞこちらへ」

如才なくいって若侍は銚子を取り席を空けた。ぺっ、と寺田は唾を吐いた。寺田の口から小さな塊がとび出し、畳に落ちて、若侍の横に置かれた盆に弾んだ。

うん、といってそれを指先で摘んだ若侍は何だろうという顔をした。

「奥歯じゃ。奥歯が欠けたのじゃ」

「ははあ、虫喰いですか。大事にされませんといけませんな」

「ほざくな若僧」

寺田は太刀を抜いておミネの方に右腕を突き出した。いつもはそそくさと袂で太刀を受けるおミネが、今夜に限ってためらいを見せている。

「なにをしておる、早く取れ」

睨みつけられたおミネは、仕方なく太刀を受けて奥にある刀掛けに掛けた。これでこの若僧もおミネが儂の囲い者であることが分かったであろうと得心して坐った。

「申せ。何をしにここに来た」

寺田は凄みをきかせて若侍を下から睨み上げた。不意をつかれてこの者に道場で面を打たれたことはあるが、まともに立ち合えば赤子の手をひねるよりた易いという見下した思いが寺田にはある。

「まさか常磐津を習おうというのではあるまい。正直にいえ。おまえは間夫(まぶ)か」

「いや、そうではありません。そうではないのですが……いやどうも、そんな風におっかない顔をされては、黴(かび)の生えた獅子頭(ししがしら)と対面しているようで、どうにもおかしくて仕方ありませんな」

「なぬ」

「どうぞ、普通の顔をして下さい」

「おぬし、儂に刀を抜かせる気か」

旦那さま、といっておミネが中に入ってきた。

「あたしが来て下さいと頼んだんですのさ」

意外な言葉に、寺田はギロリと目を剝いておミネの両眼を射(さ)し貫(つらぬ)いた。おミネは次の言葉を失って顔を伏せた。すると、おミネの横手から、するすると腕が伸びてきて、寺田の前に木片が突き出された。

「申し遅れましたが、私はこういう仕事を生業(なりわい)にしております」

虚をつかれた寺田は、そこに書かれた文字を、声に出して読んだ。

「『喧嘩もめ事よろず相談承り候。値段次第で御玉門掃除仕り候』なんじゃ、これは」

「つまり、そういうことでござる」

「御玉門掃除仕り？」

「世間でいう子宮口のことでござる」

「こ……こ、こやつ！　いうにこと欠いてコッポだと！　手打ちにいたす！　そこへ直れ！」

「だ、旦那さまァ！　待っておくんなさいよ」

「そうです。待って下さい」

脇差しを寄せて片膝を立てるとおミネがとび込んできた。その腕を払った寺田は、その後から鞭のように伸びてきた若侍の細く長い指で頭部を弾かれ、急に腰が抜けたようになった。

な、なんだこれは。

くたっとして畳に尻を落とした寺田は、とっさに立ち上がろうとしてさらに足がもつれるのを感じた。

「旦那さま、早まらないでちょうだいな。あたしが奥山様にお頼みしたのは、よろず相談の方なのさ」

「ほうか」

こんな若僧に、何を相談することがあるのだ、と腹の中では怒り心頭に発しているのだが、口から転がり出てきた言葉は間の抜けたものだった。

若侍は木片を懐に納め、盃を取って残っていた酒を呑み、その盃をどうぞといって寺田の前に差し出してきた。いやに落ちついている。

「そのようなもの、いらにゅわ」

おまえの盃など受けられるかと腹の中では怒鳴っているのだが、口を開くと舌足らずの返事になっている。しかも顔が緩んでいるように感じられる。

「しかし、困りましたな。まさかおミネさんの旦那が寺田五右衛門宗有殿とは存じませんでした。これは、はなはだ申し上げにくくなりましたな」

若侍は盃に酒を満たしてうまそうに啜った。おミネが空になった盃に酒をついだ。やあ、どうも、おいしくてとまりません、と若侍はごきげんになっている。

「おぬし、ワチをパカにしておるのではないのか」

「いえ決してさようなことはありません。では正直に申し上げます。おミネさんは、お子がほしいと申されております」

子？　そう呟いて寺田はおミネに目をやった。花柳界につながる女には、およそ似合わない望みだった。

「子を産むにはご亭主が必要です。だが旦那様である寺田殿には国元に妻子がおありになる。となると家に入るのは叶わぬ夢。そこで、この際いつ何時でも人の妻になれるように独り立ちしておきたいとこういうことなのです」

そのような大事なことを、この軽薄な獺侍に相談したというのか。

寺田の頭に再び血が昇った。何度熱くなったかもう分からなくなった。

「おミネ、まこと、さようなしょう談をこやつに持ちかけたと申しゅのか」

「はい」

「うう……」

寺田は右腕を伸ばしてひどく陽気な面をさらしている若侍の頰を叩いた。いや、叩こうとした。ところが、右の拳が敵の頰にいきつく前に若侍の手が上がってきてひょいと寺田の拳を摑んだ。

寺田は若侍と手を取り合っている格好になった。

「しかしながら、おミネさんは寺田殿の顎にいたくご執心であられる」

「アゴに？」

「さよう。この角張ったこの鰓の部分でごりごりされますと、浮世のつらさが吹きとんでしまいますそうで」

若侍は寺田の手をとったまま、腕を顎の下まで伸ばしてきて、手の甲で寺田の顎をこすった。

「いじるな」

と寺田はいった。

「おまえに触られるのは気色が悪い」

そうはいったが、若侍に顎を撫でられると急に身体の痺れがとれた。

「ごもっともです」

「もう用はない。帰れ」

声に張りが戻ると、寺田はいつもの古武士に立ち返ることができた。

「では、ご得心がいかれましたか」

若侍は寺田の上に強い眼差しを向けてきた。

「いらざる斟酌。とっと失せろ」

「さようですか。ではおミネさん、約束の相談料を頂きたい」

「そ、相談料じゃと！」

寺田は顔が腫れ上がる程に腹を立てた。だがおミネははいはいといって立ち上がり、用箪笥から財布を取り出して若侍の手に銭を落とした。

「はい、しめて二分。ようござんすね」

「かたじけない」

「に、二分じゃと！」

寺田は悲鳴をあげた。それは、儂が毎月おミネに手渡している手当と同額ではないか。そう胸の内でも叫んでいた。起き上がろうとしたがまだ身体の芯が歪んでいる。

「こ、こやつに、そのような大金を払う必要はないわ！」

「でも、おまえさま……」

「こりゃ奥山、返せ、いま受け取った銭をおミネに返すのじゃ」

寺田は上体を伸び上がらせて怒鳴った。

「わかりました。これはお返しします」

若侍は寺田の剣幕に恐れいって素直に二分金をおミネに返した。よし、と寺田は思った。今の相場で、米一俵分に当たるのである。

「そうそう寺田殿」

立ち去りかけた若侍が寺田の傍に膝をついて顔を寄せてきた。

「私の家の隣にさる商家の主人に囲われている女子がおります。としは二十くらいですがおミネさんより姿形は数段落ちます」

「まあ」

といったのはおミネだった。胸の前で手を合わせて頬を朱に染めている。

「その主人は大変な吝嗇家で通っておりますが、それでも月に五両の手当を払い、家作を与え下女もつけておるそうです」

「それがどうしたというのじゃ。儂とおミネの間には金銭の授受などいらぬわ」

心と心が通い合っておる、と続いて思ったがさすがに若侍に言う気はない。

「さようですか。老婆心までに申し上げますと、鉋を満足にかけることができない大工でも、日に五匁は稼ぐと聞きます。すなわち、月にすれば二両も得るわけで、それに比べてもおミネさんのお手当は少なすぎるようです。では、これにて退散つかまつる」

若侍は煙のように立ち上がった。

「待て、おミネがそのように申したのか」

「あ、そのまま、そのまま。お見送りは結構です」

若侍は寺田の問いには答えず、背後から気やすく寺田の肩を軽く叩いた。見送る気など毛頭なかったが、上体を起こそうと向きを変えたとたん、腰のあたりでコキッと乾いた音がした。

うっ、と呻いた寺田は、それきり身体を動かすことができなくなった。戸口から、若侍を見送るおミネとキワのいつもとは違う若く華やいだ声が聞こえてくる。

「ああ、あん。もう、もう、よくってよくってたまりません」

先程汐見橋の上で抱いた妄想が蘇ってきてさらに寺田を苦しめた。石のように固まってしまったままの身体で、一晩過ごすことの情けなさが胸を掠（かす）めたからである。

四

危ういところであった、と矢島はまだ鎮まらずにいる荒い呼吸をくり返しながら独りごちた。

庭に二人、そして普段は隠居が寝室に使っている八畳間に二人、黒い布を頭から被った盗賊が手足を縄で縛られて転がされている。四人を縛り終った奥山右京之介は、弥太と共に、行方が分からなくなったこの家の主を捜しに出たばかりだった。

奥山殿の帰宅があと四半刻でも遅れたならば、命はなかったかもしれぬ。

もともとは水呑み百姓か商人か、身を持ち崩して盗賊の仲間入りをしたものだろうが、それにしても、これほど手強い連中だとは思いもよらなかった。

武道の心得は皆無であっても、修羅場をくぐり抜けてきた無頼の徒のしたたかな胆力を見せつけられた思いだった。

弥太と共に、右京之介の住む離れに隠れて、隠居家をそれとなく見張りだして今日で四日目。仕事を頼まれている下総高岡藩井上筑後守正国の用人からその後連絡がない為、乞われるままに毎夜やってきてはいたものの、正直、馬鹿馬鹿しく感じだしたところだったのだ。

種問屋の隠居家が盗賊に狙われているという右京之介の話の根拠も分からずにいたし、当の隠居も会ってみると癖のある人間には到底思えず、極めて善人顔したお人好しであった。怨みを受けるような人には見えなかった。それに、矢島に見張りを頼んだ右京之介は用事を作ってほとんど一緒にいることがない。今夜などは、「極めて重要なる会談がある故」と深刻な形相でまだ日のある内から出かけていったが、弥太の話では深川の料理屋で芸者をあげているに違いないというのである。

まさかさようなことはと一笑にふしたが、さっきの様子では、どうもそれ臭い。目のふちが赤らんでいるようであったし、なにやら白粉(おしろい)の匂いも肩口から漂ってきていた様子がある。

乱闘のさ中だったのではっきりとは確かめられなかったが、それはそれで糾明(きゅうめい)する必要がある。

そんなことを考えている内に、矢島の息が整ってきた。八畳間に転がっている二人がなにやら呻いている。行灯の灯りが弱いのでその表情までは読めない。

そう思って見てみると、二人はまだ覆面(ふくめん)をしたままでいる。

「おい、だれかおらんか」

矢島は台所に向かって庭から声をかけた。若い下女と腰の曲がりかけた年寄りが、まだ恐ろしさの覚めない表情で震えながらやってきた。

発見したとき、下女は盗賊に縛り上げられ、年寄りの方は殴られて気絶していた。下女の縄をほどいたのは右京之介だったが、下女がひしとしがみついてくると、その耳元に何事か囁いた。それで下女は泣き叫ぶのをやめて安心した顔になった。

その囁きの術も不思議だったが、盗賊の一人の腕を後手に捩って、地面に押さえつけていた矢島にしてみれば、下女の縄をほどいてなどおらずに、一太刀に縄を斬り断ってしまえば手間が省けるではないかと焦れた思いで見ていたのだ。

そして、右京之介が次にとった行動を知って成程と感服した。彼はその縄で、矢島の押さえていた盗賊を手際よく縛り上げたのだ。盗賊は、自分たちが用意してきた縄で縛られたことになる。

「へえ」

年寄りは矢島の前で腰を屈めた。

「部屋にいる盗賊を庭に連れだす故、手を貸してくれ」

矢島は下男を促して廊下に上がった。振り返って下女に声をかけた。

「一番太い蠟燭をあるだけ持ってきて、庭に灯すのだ」

暗い庭先で領いたらしい下女は、すぐに姿を消した。矢島は下男と力を合わせて二人の盗賊を庭に引きずり下ろした。気を失っていた一番年かさの男が、不意に目を開いて、やい、サンピン、と声を放った。

「こんなことしてためにならねえぞ。とっとと縄をほどけ。そしたら仕返し(しけえ)はなしにしてやるぜ」

「黙れ」

矢島はその男の頭を覆っていた黒い布をはぎ取り、口にはめ直した。うぐぐ、と呻いて剝き出しになった目玉は、夜目にも血腥(ちなまぐさ)く映った。恐らく人を殺(あや)めたことがあるのだろう。

次に目を開いた男はまだ若かったが四人の中では一番獰猛(どうもう)なやつだった。盗賊が侵入してきたらしいと最初に気付いたのは弥太で、弥太に叩かれ起こされた直後に隠居爺らしい者の叫び声が低く響いてきた。

矢島は壁に凭(もた)れて目を閉じていたのだが、刀を取ってすぐに庭にとび出した。その時点でもまだ盗賊が侵入してきたのだとは思っていなかった。だが、隠居家に先にとび込んだ弥太の野太い叫び声を耳にして異状を悟った。

走り出ると、木戸のあたりから駆け込んできた者がいる。恐らく見張りだったのだろう。矢島は出合い頭に太刀の柄を突き出してその者の鳩尾(みぞおち)に当て身を喰らわした。だが容易だったのはそれまでだった。

続いて部屋からとび出してきたのが、若い男だった。小柄だが恐ろしくすばしこい男で、手にした匕首(あいくち)は休むことなく矢島を攻めたててくる。防ぎきれずに真剣を抜いたが、その者の鋭い攻め口は変らなかった。命など糞(くそ)くらえという勢いで矢島の胸元めがけて跳び込んでくる。打ち返すより、防御でいっぱいだった。さらに雨戸を蹴りたてて、ずんぐりした男が矢島の背後に迫ってきたときは、全身に汗をかいた。

声の跡絶えた弥太のことも気にかかっていたが、確かめる余裕もない。背後から匕首を突き立ててきた男をかわして、返した刀で腹を払った。峰を返す余裕もなく、手元に鋭い衝撃が伝わってきた。そのとき、はずされた雨戸の向こうの部屋で、片っぱしから物をひっくり返している黒装束の男が目の隅に映った。

仲間が用心棒と乱闘している間に、盗賊は一方で家捜しをしていたのだ。その豪胆さに舌を巻いた。その刹那(せつな)、闇の底から銀鱗(ぎんりん)のように閃(ひらめ)いてきた匕首が矢島の右肘を斬った。

下がり様(ざま)刀を払ったが、重心を崩して尻餅をついた。その時、矢島の顔の上に伸び上がってきたのは、腹を斬ったはずの小太りの男だった。

必死で初めの攻撃はかわしたが、その次の流れを見失った。捨身(すてみ)で横転したとき、ドンと鈍い音がした。目を転じると、被り物をした若い男の顔がすぐ間近に揺れていた。

虚をつかれて矢島は思わず左腕で身をかばった。だが若い男は襲いかかってきたのではなかった。白眼を剝いたその男は、矢島の横に声もたてずに前のめりに倒れ込んできたのだった。その背後から、細面の右京之介の顔が現れてきた。

思わず「おお」と声をたてた矢島は、冷静にも、右京之介の口から酒の臭いがかすかに漂っているのを嗅ぎとったのだった。


「矢島さまあー、ご隠居が見つかりやしたぜー」

ほおかむりを取ると、若い男の頰には二つ斬り傷があるのが分かった。成程、筋金入りの盗賊だと思ったところへ、そう声高に叫ぶ弥太の声が響いてきた。その声の調子から判断して、どうやら爺さんの命は無事だったようだと矢島はひとまず胸を撫で下ろした。

五

「ほほう、そろいもそろって見事な悪人面ですね」

右京之介は庭に灯された十本の蠟燭の内から一番大きな百目蠟燭をひょいと手

にして、四人の盗っ人の顔を一人ずつ照らしだした。猿ぐつわをかまされている ので四人とも声を出せずにいるが、ひとたび口を気儘にさせれば、身も凍りつく ような罵詈雑言が吐き出されることは弥太も知っている。こいつら凶状持の身 上は、ハッタリをかました悪相と、聞く者を震え上がらせる脅し文句にあるの だ。

「若様、こいつらをどうしますんで？　あっしがひとっ走り自身番に行ってきや しょうか」

同心の手に落ちれば、のちのち奉行から当然報奨金が与えられる。まず五両は 固いだろうと弥太は目論みながらいった。

「いや、その前に、何故こんな隠居家に目をつけたのか、教えてもらいましょう か」

若様は右端に坐っている四十がらみの男の前に蠟燭を突き出した。

「どうやらあんたが頭領のようだな。さ、喋ってみなさい」

そういって若様は頭領の猿ぐつわを少し緩めて蛆が這っているような下唇を剝 き出しにした。とたん唾が吐き出されたが若様は予期していたようにはずした。

「うるせえやい。てめえなんかに教えてたまるかよ。どうせ捕まりゃこちとら獄門（もん）でえ。おれたちを売って娑婆に残る奴らなんぞにいい思いさせてたまるけえ」

「そうじゃ、獄門じゃ。獄門首じゃ」

　そういって奥からヨタヨタと出てきたのはこの家のご隠居だった。寺の山門の陰で気絶していたのを見つけたのは四半刻前で、救助されたあと部屋で休んでいたはずだった。

「さあ皆さん、さっさとこいつらを役人に突き出して下され」

　ご隠居はそういって懐紙で顔を拭っている。頭領の唾はこの爺にかかったのだと分かって弥太は思わず笑った。

「いいのかい爺。そんなことした日にゃ、てめえも同罪だぜ」

「な、なにをいうか。おまえらのいうことなど、お役人様は取り上げやせん」

「ほう。取り上げるか取り上げねえか、試してみようじゃねえか」

　毛穴に泥のつまった頭領の頬肉が、けいれんを起こしたように震えた。不気味な笑いだと弥太は思った。

「それはどういう意味かと訊いておるのだ。申してみよ」

「うるせえやい。てめえら用心棒なんぞにゃ、口が裂けたっていいっこねえよ。屁（へ）でもくらえ」

頭領は片尻を上げて屁を吹いた。矢島は、む、という顔をして一歩退いた。

「では裂けてもらいましょうか」

のんびりとした口調で若様がそういったとき、弥太にはまだ事態が呑み込めていなかった。次の瞬間、頭領の不敵な笑い顔が白閃の下に歪み、血しぶきが立った。

「い、いてえ！」

わめいてのたうち回った頭領の口は大きく裂けて般若のようになっている。弥太には何が起きたのかすぐには分からなかった。矢島も茫然としている。頭領の横に坐っていた小太りの盗賊は目を開きっ放しにして仰天している。

「てめえ、このサンピン、人の命をなんだと思ってやがるんだ！」

頭領は血だらけで転がりながら毒づいている。若様は動じた様子もなく、といって得意がるふうでもなく、弥太の懐から汚れた手拭いを勝手に抜き取ると、頭領の口に巻きつけた。頭領の醜く見開かれた目に赤い血管が幾つも浮き上がってきた。その目を見下ろして、若様はさとすようにいった。

「人の命というのは、みんなが思う程、大したものではないのだ。とくに悪人の場合は虫以下でな、鳥の餌にでもなればみっけものだ」

痛みで呻いている頭領を打ち捨てて、若様はご隠居に向き直った。

「この連中は、どうやら先日押し入ってきた盗賊とは違う一味のようですね」

そういわれたご隠居は首を下げ、用心深気な目付きになって若様を窺った。

「先日？　押し入った？　そんなことがあったのか」

矢島が代わって訊くと、あったのです、と若様はあっさりと答えた。

「ひと月前に二人組がこの家に押し入り六十両ばかり盗んでいった。幸いご隠居は留守をしていて怪我をせずに済んだ。だが、被害に遭ったと町方（まちかた）に訴え出ることをしなかった。その後も私はこの家を探っているような商人風の者を何度か見かけ、おかしいと思っていたのです」

若様はご隠居を見据えて断を下すように言った。

「この家にはまだ何か隠されているとね」

若様に睨みつけられたその目を、ご隠居ははね返す勢いで昂然（こうぜん）と顎を上に振って肩をそびやかした。隠居の身体の内から、もう一人、別の得体の知れない獣じみたものが現れてきたように弥太には思えた。

「奥山殿、ご貴殿は何故その盗賊の一件をご存じなのかな」

さすがに矢島は侍だけあって、肝心なところを押さえてついてきた。弥太は若様の返答を待った。縛られ庭土に坐らされた盗賊たちも、呻いている一人を除いて若様を見上げている。

「連中が家捜ししているのをここに立って見ていたからです」

「見ていた？　そ、それでどうしたのじゃ」

「頃合いを見計らって捕えました」

「えっ？」

たまらずに弥太は中に入って叫んだ。

「そ、それで、その盗賊が盗んだ金はどうしたんでやす？」

「勿論、私が頂戴した」

「ご、ご隠居にはそのことを……」

「今申し伝えた」

「そ、それじゃ、あ、あの茶店を買った金は、盗っ人の上前をはねた金なんで……」

弥太は口から泡が吹いているような気分で若様を見つめた。矢島も武士らしからぬ節操のなさで、口をあんぐりと開いている。若様はにやりと笑った。ぞくっ、と弥太の背中で逆立つものがあった。

「これからが本丸攻めだ。この家にはさらに何か隠されておる。おい、小太りの盗っ人」

そういって刀をゆっくりと抜いた若様は、男の猿ぐつわを切ると刀の切先を男の股間にもっていった。男の顔にどっと白い汗が吹き出した。

「どうせいずれは獄門さらし首。今の内にその一部を切り落として痛みを取り除いておいてさし上げよう」

「ま、待ってくれ。言う、言う、何でも言う。切らないでくれェー」

「だめ」

若様は切先をさらに下げた。男は悲鳴をあげて後にひっくり返った。

「その爺は火事場泥棒だ。四十年前、尾張の城下で大火事があったとき、そいつは商家の金蔵はいうに及ばず、焼けている寺からも仏像を盗み出した極悪人なんだあ！　切るなあ、チョン切るなあ！」

男は夜空を見上げ、縛られた足をバタつかせて叫んでいたが、若様の身体は、もう家に向けられていた。

「尾張ですか。尾張にはわたしの先祖の屋敷もある。あまり誉められた先祖ではないが、その隠し金も混じっているとなると、わたしにも頂く権利がある」

若様の嬉しそうな目が弥太に向けられた。弥太は思わず肩をすぼめた。

「弥太公」

そら来たと思った。恐る恐る片目を開けた。

「油を樽一杯集めてこい。家ごと燃やせばあとには小判がザクザク、それに熔けた金の仏像が残るというものだ」

「やめてくれェーッ」

ご隠居は頭に両手をあてて土の上に坐り込んだ。

「家を燃やすのだけはやめてくれェ。柱に、柱に、金が仕込んであるんだあ。役人に見つかったらおしまいだあ。やめてくれェ！」

ご隠居の顔は、皺の溝に涙と埃が入り込み、雑巾のようになっている。若様はそのご隠居の肩にそっと手を置いた。

「分かりました。家は燃やしません。盗賊の口をさっさと塞いであとは山分けといきましょう。長生きをして下さい」

そのやさしさに満ちた言葉を耳にした盗賊たちは身を竦ませ目を凍りつかせて、若様を信じられないという顔で眺めていた。そのときほど、弥太は盗っ人に同情したことはなかった。

六

部屋に入った兵馬は、一瞬何事が起きたのかと目を見開いた。再び目を凝らして部屋の隅にいる二人を見つめ、これはどうしたことだと腹の中で唸った。顔をすれ合う程に近づけて何事か話しているのは、紛れもなく寺田五郎と奥山右京之介であった。

道場と接した住居部分の東のはずれにある八畳間である。普段は遠来の客用に供している部屋なのだが、使ってないときは門弟が勝手に書見をすることも許してある。

日は西に傾いているので、部屋の奥の壁際にいる二人の姿は、ほとんど影のように暗くなっている。それでいて、寺田の脹れ上がった目玉と、奥山の端整な鼻筋がそこだけ天窓からの屈折した光を受けて白く光っている。二人は兵馬が入ってきたことも気付かずに互いの目の奥を探りあっている。寺田を探しにこの部屋に来たのだが、兵馬は声をかけることを遠慮して少し離れてその場に坐り、二人の用談が済むのを待つことにした。

――さようなことまでおぬしに打ちあけたと申すのか。

寺田の嗄れ声が畳を這って兵馬の耳に忍び込んでくる。深川八幡宮へ、と口を開いた奥山の声は、小さいが意外に響きがある。

――三月末に牡丹を見物に行った折、おミネ殿は酔客にからまれ難儀致している所へご貴殿が通りかかり……。

――もうよい。

――……。

――隠さず申せ。あやつは何が望みなのじゃ。月々の手当か。

――さ、それは……。

――子を産みたいなどとはあやつの妄言。子を産めぬ身体になっておることを儂は存じておる。

――……。

――おぬしのような軽輩に事の顛末を知られたは儂の不覚。年端もいかぬワッパどもを使って果たし合いに策を弄するなど武士の風上にも置けぬ所業。本来であれば口をきくのも身の穢れなれど、この場は赦しおく。されば包み隠さず申せ。あやつの本心はどこにある。

――お怒りになられぬとお約束頂けますか。

——うむ、約束する。申せ。

——それでは申し上げます。おミネ殿に手切れのお土産金を差し上げて、今後一切かかわりなしとされるのが男のけじめというものでござりまする。

——なんと。おミネは拙者と別れたいと申しておるのか。

——御意。

——たわけたことをぬかすな。あやつはおとなしい女子故下世話な心持を打ちあけたりはせぬが、儂に心底心を砕いておることは百も承知じゃ。儂をたばかると無事では済まんぞ。

——おミネ殿はもう金輪際、寺田殿には肌に触れてほしくないと申されております。

——なんじゃと！

——お怒りにならないとの約束でございまする。

——うぬが口から出まかせを申すからじゃ。それへ直れ、手打ちに致す。

兵馬はさすがに驚いた。寺田が片膝を立て、脇差しに手をかけるのを目にとめて立ち上がりかけた。

——元来、おミネ殿は身体に火のともるのが早い体質であられるそうでござる。

兵馬が坐り直したのは、奥山がそういって寺田の手の甲に指を置いたからである。するとどういうわけか寺田の上体がしぼんだ様になり、おとなしく元のように坐り直した。

――身体？　火？

心なし、嗄(しわが)れた寺田の声にも落ちつきが戻ったようである。兵馬は気持を鎮めて部屋の隅に身を置き、耳だけ生かした。

――さよう。つまり、感じやすい体質であられるとか。

――むむ。

――下女に問い質(ただ)したところ、かつておミネ殿は感極まると向こう三軒両隣はいうに及ばず、伝馬町(てんま)の牢屋敷にまで聞こえる程の閨房のお声を出されることがあったそうです。無論寺田殿と出会う前ですが。

――伝馬町の牢屋敷とな。むむぅ。

――その声があまりに響き渡り、半鐘(はんしょう)の音と間違えて夜分家から飛び出してきたそこつ者もいたということです。

――たわけたことを吐(ぬ)かすな。あれはそのような女子ではない。

――ほう。

――慎み深い女子じゃ。感極まっても蚊(か)程の声も洩らさず耐えておる。

――それは寺田殿の伎倆(ぎりょう)不足というものです。その自分勝手な交合(まぐわい)が愛想を尽かされる原因となったのですな。

――儂が下手だと申すのか。貴様、いうにことかいて……うぐっ。

兵馬が顔を上げて見ると、奥山の右腕が寺田の股間を押さえている。寺田は振り上げた顎を凍らせたまま、白眼を剝き出して天井を睨んでいる。

――うむ。この一物が泥鰌(どじょう)のように小ぶりであるのがせめてもの救いでしたな。

――う、うぐ。

奥山は手を寺田の股間から抜いた。寺田がぐったりとしているのがその丸めた背中で窺い知れる。

――あなたは、濡れにぞ濡れし女陰(ぼぼ)の門、ということをご存じない。

――ボ……。

――交合までの手順はいかがされておる？

――うむ、まず蒲団に入り、あやつの口を吸う。襦袢(じゅばん)の襟口から手を差し入れ右の乳房、さらに左の乳房と二度揉みをする。そして湯文字の紐を解き、あやつの両膝を立て、ぐいと左右に開く。どうじゃ。

――そして？

――一気に突き立て、腰を沈める。ふっふ。

――おミネ殿の反応はいかに？

――そこじゃ。何度もいたしておるのにあやつは処女の如く痛がりおる。まことにもって愛い奴じゃ。

――泥鰌のようなものでおミネ殿が救われたと申したのはそのことです。大陽物であれば陰部に裂傷をきたしていたことでしょう。

――なんと申した？

――それは真実に痛がっているのです。

――ぬかしたな。泥鰌がどうの小ぶりがどうのと最前からの毒舌聞きずてならん。それではおぬしはいかなものか見せてみよ。

――見せるわけにはいきませぬが、今後のご参考までに女子の扱いをお教え申そう。

――くっ、何をほざくか。

——まず乳の四辺(あたり)を拭うようにさすり、段々と臍(へそ)から毛際まで指を遣ります。さらにそろそろと内股に手を差し入れ、もやっとしたる恥毛をこそっと掻きわけ、皺の多い唇の上下両縁をじらすようにこすります。

——うむ。

——さすれば段々に濡れて参ります。そこで、女子が腰をよじり出すのを見計らって初めに一本、ついで二本目の指を玉門に差し込み……。

——うむむ。

——さらに深くずぶりと差し込み、天井のざらつきをとらえてごちょごちょとやる程に……。

——うむ、やる程に……。

「寺田殿」

たまりかねて兵馬は声をかけた。わっと声をあげてこちらに顔を向けた寺田は、そこに兵馬が坐っていることに気付いて、幽霊を見たような驚きを現した。

兵馬は立ち上がって二人に近づいた。

「ちと、ご相談があります。そうだ、奥山殿にも聞いていただきたい」

兵馬は額から汗を流している寺田から奥山に目を転じた。そして首を傾げた。

今の今まで何事かを呟いていたはずの奥山右京之介は、壁に凭れて目を閉じ、その上、その鼻からは軽く寝息をたてていたのである。

七

半欠けの月が夜空のそれ程高くないところに浮いている。その月の光を受けて作られた暗い影に身を潜めて、多美は下総高岡藩井上筑後守の屋敷を窺っている。

そこは丹波園部藩小出家の上屋敷の長い塀が、雉子橋通と交わる角の暗い溜まりである。多美の右手には二つの堀に挟まれた砲筒蔵があり、その向こうに淡い雪をかむったような城が雄大に青黒く澄み渡った夜空に向かってそびえ立っている。

袖を引く者があって多美はハッとして顔を振った。そこに右京之介の細面の横顔が、月の光に滲み出されて白くなっているのを認めて胸を撫で下ろした。まったく人の気配を感じなかったのが不思議だった。

「遅くなった。鼠はまだ出て来ぬようだな」

「はい。先日のことがありました故、用心に用心を重ねているのでございましょう」

「お父上はどこにおられる」

「裏門を見張っております」

右京之介は多美の前に出て、塀が作る影の中に入った。その口から小さな笑いが洩れた。

「黒装束とは驚いた。そのようなものどこから手に入れた」

「古着をつなぎ合わせたものにございます」

「一度尋ねたいと思っておった。矢島殿は浪々の身になられたが、娘御である多美殿はお父上の知らぬ密命を帯びて江戸に参られたのではないかな」

「…………」

「どうした？」

そう小声で言いながら右京之介はあたりに気を配っている。昼間会って父の受けた仕事が危険すぎることを相談した際には、そのようなことはおくびにも出さなかった。多美は右京之介の影に向かって思いきって言ってみた。

「奥山様も本当の御身分をお明かしになられませぬ」

「私は江戸浄化わっぱ隊の隊長だ」

「あんなことを」

竹竿を振り回して浪人たちに向かっていった少年少女が、実は四年前の寛政九年（一七九七）十月二十二日の大火事で焼け出され、親を失ってみなし子となった子供たちだと知ったのはつい先日のことだった。子供たちの住む家ができそうだと大喜びしていた右京之介の邪心のない爽やかな顔は、強く多美の胸に焼きついている。これまで右京之介が荒稼ぎに稼いだ金は、子供たちの為に使われていると知っているのは多美の他にはいないはずだ。子供たちの手習いの師匠になってくれという申し出を、多美は右京之介と共にいられるときが多くなることを思い含んだ上で了承した。

「奥山様がなかなか姿をお見せにならないので、夢の国に行ってしまわれたのかと心配していました」

「うん。それについては夕刻奇妙な夢を見た」

昼間、船宿でうたた寝をしていた右京之介は、不意に雲に接する程高い建物が見えるといい、空中にかかる白く曲った橋が崩れ落ちるとうわ言のように呟いたのだという。それを耳にした女将は、その寝言があまりに明瞭であったのでびっくりしたという。

「初めわたしはそれらの光景は幻だと思っていた。その内、百年も二百年も先の世間を見ているのではないかと思うようになった」

多美は頷いた。神仏が人として暮している仙境のようなものがあると聞いたことがあった。神かくしにあった人たちも、そこに移って生きているのだと信じていたい気持もあったからだ。

「だが、夢の中でわたしは少年に戻り、その奇妙な白い箱型の世の中で生きていたのだ。それは不思議な実感を伴っていた。そのとき、わたしは百年先を見ているのではなく、その時代に生を持って暮していたのだと思った。いつの頃かは判然としない。だが、わたしは確かに生きていた……」

「時の抜け道をくぐられたのかもしれませぬ」

「いや、そうではない。この星のどこかにあのような屋敷や橋のかかった世間が今もあるように思えてならないのだ。これは多美殿にだけ申すことだ」

「他言は致しません」

右京之介は頷き、多美の耳にそっと口を寄せてきた。一瞬多美は身を固くしたが、右京之介の気持は現実の闇を見据えていた。

「鼠が現れおった」

そう囁くなり、右京之介の姿は通りを走った。息を殺して多美も続いた。すると、それを待ち構えていたように、背後から荒々しく地面を叩きつける足音が響いてきた。走りながら、多美は小刀を抜いた。父を、辻斬りの用心棒として死なせてはならないと強く思った。その刹那、闇の底で閃いた刃（やいば）に右脛を噛みつかれ、多美の身体は固い道にもんどり打った。頭上で刃が鳴り、火花が散った。その火が闇の中にかき消えると、多美の意識も同時に遠のいた。

気が付いたとき多美の身体はまだ暗い通りの上に横たわっていた。痛みが多美の意識を呼び戻した。だが、斬られた右足の脛には血止めの布が巻かれており、多美の上体は男の腕で支えられていた。

「父上」

多美は月明りの下で、自分を支えてくれているのが父の平四郎であることを知って安堵の息を洩らした。

「密偵はどう致しましたか」

「そこに倒れておる」

二間離れた塀の下に二つの黒い身体が重なり合って置かれている。死んでいるのは明らかだった。

「おまえに斬りつけたのもそやつらだ」

多美は自分の頭上で鳴った刃音を思い出した。

「父上が助けてくれたのですか」

「奥山殿だ。二名とも奥山殿が斬った。だが……」

平四郎が目を向けた路上に、男の影が五つ浮いている。背中を向けて背の高い影が一つある。右京之介様、と多美は胸の中で叫んだ。

「中西道場の白井亨、寺田五郎、そして兵馬殿だ。井上家の家臣を斬るといっている。辻斬りを成敗するというのだ」

「何故井上家の方はお一人しかおられませぬ。他の家中の方々はどうされました」

「出てくるわけないわ。たとえ密偵であったとしても斬られた二人はれっきとした幕臣じゃからな」

下総高岡藩井上家を取り潰してしまおうと奸計を練る者があった。一万石の領地が目当なのではなく、千代田城を間近に見る藩邸を没収して我がものにしようとするのが目的であったと多美は父から聞いている。その者は表舞台には立たず、密偵を放って井上家の不始末をさぐろうとした。気付いた井上家の家士がこれを防いだ。辻斬りの騒ぎはそうして起きた。だが、今戦おうとしている五人の侍は、重役の策略とは無関係の者たちばかりだった。

多美は痛みをこらえて右手を路上について上体を起こした。右京之介に向かい合う三つの影の内、一つの影は真剣を抜いている。抜かぬか、とその影は嗄れた声を出した。その構えから相当の遣(や)い手であることが察せられた。まともに遣り合っては右京之介に勝ち目はない。多美はそっと小刀を寄せた。

違う、道場にいる小田某とは全然違う。この男は、只者(ただもの)ではない。白井亭は寺田が奥山右京之介と呼んだ長身の武士を前に、間合いを計りながら刀の鯉口(こいぐち)を切った。

「我等がここで斬り合うのは無駄なことだ。計りごとをした奸物(かんぶつ)どもは屋敷で高(たか)鼾(いびき)をかいているのですよ」

奥山右京之介はだらりと両手を下げたままそういった。

「たかが井上一万石。潰す方は虫けら同然と思っても、この人たちには妻も子もある。このまま目をつむればすむことではないですか」

「だまれ！　このような状況を儂は待っていたのじゃ。このときこそ儂の本懐じゃ。おのれを使命で殺せると思うと心が沸き立つ。えーい、覚悟せえ！」

寺田の剛剣が奥山の頭上を襲った。二つの影がもつれ合った瞬間、ぎゃあ、という悲鳴が上がり寺田の身体は五間も先の塀に叩きつけられた。白井は右肘を引いて抜刀しかけた。そのとき、喉笛を押さえた者があった。間合いの外にいたはずの奥山の顔が二寸先に出てきた。

「お、おぬし、いつの間に」

「やめましょう。死んでは酒も飲めなくなる。それに剣をいくら修行しても、人殺しがうまくなるだけです」

そのとき、白井は心底こわくなった。この男を斬るのは、風を斬るのと同じことだと直感したからである。身体の底から湧き上がった恐怖が、白井の心臓を震わせた。

「白井さん、帰りましょう。辻斬り騒ぎはもう終ったのです。戻りましょう」

兵馬が白井の腕を取った。それから今の技は何だったのかと奥山に訊いた。白井の目の前にいる夜目にもすずし気な顔をした男は、不意にはにかんだように笑った。それから耳を掻きながら月を見上げた。

「剣から気持を離しただけですよ。それに相手の呼吸に合わせて気をひねれば、勝手にどこかへ跳んでくれる」

　その言葉を白井亭は気障だと思って聞いていた。

終章

　右京之介が船に移ると、突然弥太の泣き声が川面に響いた。

「ワーン、若様ぁ！　ほんとに行っちまうんですかあ。盗賊どもを寄せ場に売りとばした銭を猫ババしちまいますよぉ」

「右京之介様ぁ、戻ってくるまで、あたし、お嫁に行かず待ってるからねェ」

　お咲が負けずに声を張り上げた。思いきり叫べる二人が矢島には羨しかった。右京之介と、ずっと一緒に用心棒稼業をやっていたかった。だが、黒装束に身をまとった密偵とはいえ、れっきとした幕臣を二人も斬っては、このまま無事にすむはずがなかった。

「若様、しっかり儲けておきますから、安心して江戸に戻ってきて下さーい」

　源森橋の欄干に手をついた綾乃も必死で手を振っている。右京之介は黙って片手をあげた。その向こう岸に茂る水戸家の屋敷の喬木が秋の空の中で眩しく揺右京之介は背中を向けて艫に坐り、刀を胸の前で立てた。大川を隔てた向こうに花川戸の堤があり、浅草寺の黒い瓦屋根が荘厳な輝きを空に向けて反射させている。

「若様あ、じっくりあっしの身の上を聞いてほしかったよォ！　早く帰ってきて下さいよォ！」

「待ってるわよォ！」

「若様あ！」

弥太と二人の娘は橋の中程まで走ってあらん限り叫んでいる。見つめている矢島の目頭が熱くなった。右京之介が少なくとも三年間は、江戸から身を隠すことになるのだろうと思ったからだ。

「明日は何処の空の下にいるのであろうか」

そう呟いて多美を見た。気丈な娘はうっすらと微笑みを頰に浮かべていた。

「ひょっこり戻ってこられるかもしれません。あるいは……」

多美はそういって両国橋の方にそっと足を向けた。あるいは別の星の下にと言いかけて、涙がこぼれてきているのに気付いたからだった。

三千綱氏と電話

北原亞以子

高橋三千綱氏は、とんでもない時に、とんでもない電話をかけてくる。
二十六、七年前、彼がまだ群像新人賞の候補にすら上がらない頃のことだった。深夜に電話のベルが鳴り響き、私も家族もいっせいに飛び起きて電話台の前に集まった。言うまでもなく、電話の主は氏であった。私は、非難の眼差を一身に浴びながら、「北原さん？」という彼に、悲鳴に似た声で答えた。
「そうですけど、只今午前二時……」

だが、その悲痛な声も、彼の耳には届かなかったらしい。

「わるいけど、三万円貸してくれない？」

繰返すが、二十六、七年も前の話である。今、テレビの画面を独占している感のあるアイドルグループなど、両親の体内にさえいなかった時代の話である。三万円は大金だった。しかも、私は、筆一本で食べてゆく覚悟をきめて会社をやめたものの、ひどい小説を書いては編集者諸氏の頭をかかえさせていたところだった。書き直しを命じられるどころか、原稿のお引き取りを願われてばかりいたので収入はゼロ、会社員時代にためた貯金を食いつぶしていたのである。

その貯金通帳の金額も、四万円をきっていた。三千綱氏にしても、サンフランシスコ州立大学を中退してからはのらりくらり、レストランのアルバイトや芸能新聞の記者をして食いつないでいたのだから、貸したお金の返ってくる保証はない。

貸したくなかったが、彼の声はせっぱつまっていた。まだ若い娘に手を出して、その後始末に困っているのかもしれなかった。心やさしい私は、通帳の数字を見ないようにしてお金をおろし、現金書留で彼の家に送った。

ところが、である。数年前、某紙の企画で対談をした時に、彼は、「ケケケ……」と妙な声で笑いながら頭をかいた。

「いやあ、失敬失敬。あれは、駆落(かけおち)の金だったんだよ。三万円ありゃ、一カ月くらい暮らせると思ってさァ」

編集者のSさんがいなければ、蹴飛ばしていたところだった。

話は飛んで、ごく近頃のことである。

共通の友人に、笠原淳氏という、かつて好青年だった男性がいる。ま、昔は三千綱氏もなかなかの美青年であったが、この『かつて好青年』と『かつて美青年』と私の三人で、上野から谷中まで歩いたことがある。お腹が空いて飛び込んだ居酒屋の主人が親切な人で、後日、根津の遊廓跡や谷中の厩跡などを案内してくれた。愉快かつ有益な散策であった。

三千綱氏は、この散策がいたく気に入ったらしい。それから二、三ヵ月後に、今度は仕事場の電話が深夜に響き渡った。

「あの下町散策、面白かったじゃないか。また三人で歩こうよ」

私に否やはない。が、彼はつづけて言った。

「ついでに、仕事にしちゃわない？」

律儀な私は、そういう仕事がしたいのだという彼のために、あちこちの雑誌編集部へ電話をかけた。真剣に検討してくれたところもあったが、ほとんどが鼻もひっかけてくれなかった。当然だろう。歩きたいと言っているのがくたびれたオッサンとオバサンなのだ。絵にも何もなりはしない。

まだ、ある。

月刊誌の締切は、月のはじめに集中する。遅筆の私は、その頃になると睡眠時間が極端に少なくなるのだが、そんな時にも三千綱氏からの電話は遠慮なくかかってくる。

「いそがしい時にわるいんだけど、あんたしか頼る人がいないんだよ。助けて下さい」

人のいい私は、「なあに？」とやさしく答えてしまう。すると、三千綱氏は、自分がこれから書こうとしている小説の主人公について、早口に喋りまくるのである。

「というわけでね、主人公の性格づけに突拍子もない恰好をさせたいんだけどさ、何を着せたらいい？」

手前（てめえ）で考えろ——と言いたいのだが、おとなしい私は、それを口に出せない。

「滅茶苦茶でいいんなら、忠臣蔵の大星力弥みたいな恰好をさせたら？」

「町娘の恰好は？」

「文政の頃は、路考茶（ろこうちゃ）って色が大流行したっていうけど」

「乳母の着物は？」

ばかやろう——と、おとなしい筈の私が、涙ながらに叫んだのはこの時だけではない。

「やれつけってのは、どんな見世物？」

「男の着物の種類って何がある？」

「大縄地って何だ？」

こっちだって、フウフウ言いながら書いているんだ、ちったあ考えて電話してきやあがれ。

「スンマセン」

彼は、いつも低声であやまって受話器を置いた。大星力弥のごとき衣裳をまとった男性が、本書の主人公、若様であるのは言うまでもない。若様は、私の涙なくして生まれてこなかったのである。

最後に、それぞれの後日譚を書かねばなるまい。

三万円事件からちょうど二十年後、彼は『古事類苑』という書物を欲しがっていた私に、三十万円を送金してくれた。それにいくらかの金を足して買えというのである。

その後、コピーライターの足を洗った私は、ふたたび生活苦にあえぎ、彼から三十万円の借金をした。無論、二十年後に三百万円の本をプレゼントするという条件つきである。が、彼はもう、お金を貸したことすら忘れている。私は、三百万円の幻影におびえなくともよいことになったのである。

下町散策については、ひっそりと再開されるかもしれない。その時、居心地のよい縄暖簾（なわのれん）を見つけておごってくれるのは、多分、三千綱氏だろう。

『平成のさぶらい』は、めでたく文庫になるという知らせがあった。三千綱氏から、突然の電話もなかった。私は、心おだやかに氏と若様のため、祝杯をあげようとした。ところが、そこへ突然、講談社のNさんが、「三千綱氏について、何でもいいから書いて下さい」と、電話をかけてきたのである。折も折、私が引越の準備に忙殺されていた時であった。

（一九九三年六月の際の寄稿）

文庫版あとがき

　これは私が初めて出版することができた時代小説です。ある月刊誌に三ヶ月に一本書く約束で始めたものが、五本になって単稿本になりました。

　江戸を舞台に小説を書きたいという欲求は随分前からありました。

　私は東京の杉並区で育ったのですが、私の住む家から十分ほどのところに大宮公園という池を抱えただだっ広い殺風景な公園があり、そこではその荒涼とした景色を背景に、よく時代劇の撮影が行われていました。私は小学校から帰ると、その公園の池にいって釣りをするのが毎日の日課になっていましたから、髷(まげ)を結った侍がチャンチャンバラバラとやるのをよく眺めていたものです。そういうとき、お侍さんのいる時代に行きたいなあ、と子供ながら感傷的な気持ちになったものです。

この公園では他にもよく撮影が行われていて、鉄腕アトムのお茶の水博士がやってきたこともありました。私の中では原風景といえるところです。

この小説の主人公が、あるとき不意に江戸の空を見上げて感傷的な目つきをするのも、多分に少年時代の私の思い入れを受けついでいるからだろうと思われます。実は、小説を書き終わるまで、この公園で時代劇の撮影をしていたことは忘れていました。いやはや、子供の心に畳み込まれた景色というものは、本人がいくら年を重ねようが、ずっと息づいているものなのですね。驚きました。

その後調布、府中と一家は引っ越しを重ね、その都度、私はその街にある図書館に、受験勉強と称して通っては、その実、時代小説ばかり読んでいました。なぜか、参考書を開くと、時代小説が読みたくなるのです。調布駅前の公民館の中には、小さな図書室があるのですが、ここに置かれていた時代小説はみんな読んでしまった記憶があります。

この公民館の前の広場で剣道の稽古が行われていて、中学時代の私も参加していました。裸足ですから、釘を踏んだり、小石につまづいたりと随分危ない稽古でした。

　ちなみに私の芥川賞の受賞作となった『九月の空』の舞台は調布で、主人公は十五歳の剣道少年なのです。うーん、これも私の中にひっそりと息づいていた少年の魂が書かせてくれたものなのかもしれません。

　今の私の仕事場は府中にあり、大國魂神社の参道脇にある図書館は、高校時代に通ったところで、今も私はそこで貸し出しを受けています。神社の裏手では、その頃日活の映画の撮影が行われていて、わくわくしながら眺めていました。私は実は映画監督が志望だったのです。この年になっても時代劇を撮りたいという夢は捨ててはいません。

　この「若様」を書き出したとき、さんざん時代小説を読んだ自分なら、それ程苦労しないで面白いものが書けるだろうと意気揚々とペンを取りました。まず、少し間の抜けた掏摸（すり）を浅草奥山に放り込み、さあヒーローの登場だ、と袖をまくったところで、作者である私はボーゼンとしてしまいました。若様にどんな着物を着せたらよいのか、全く分からないことに気づいたのです。そもそも時代考証などということに頭を巡らせたことなどなく、侍が普段どんな服装でいるのか、旅に出るときはどうなるのか、全然知らなかったのです。読むと書くとは大違いだな、と四十歳半ばになってやっと気づいた次第でした。

父が生きてたら尋ねることができたのですが、これを書き出した頃は父が死んですでに数年が経っていました。私の父は作家で、時代小説の書き手でした。あまり有名ではありませんでしたが、父の書斎に漂う書籍の香りが好きで、父がいないときなど、私は古い本をぱらぱらとめくりながら、明治、大正の佇まいを想像して、しばし陶然としていたものです。

父が亡くなったあと、その蔵書を整理していると、おびただしい時代物の資料が書庫から出てきました。そのひとつひとつを手に取りながら、自分も時代小説を書きたいなと思っていました。すぐには実行に移せなかったのですが、父の死が時代小説を書くきっかけになったのは確かです。

書くにあたって、私は「三千綱流若様」を誕生させようと秘かに野心を抱きました。人がよく、健康的なだけの若様ではなく、悪人ですら唖然とするような悪巧みをたて、平気で実行するような酷薄な面も持っている人物を創ろうと思ったのです。ところがその作戦も、無知故に、しょっぱなからつまづいてしまったことは申し上げた通りです。

でもそこは同人雑誌時代からの仲間の北原亞以子さんが助けてくれました。北原さんが書いている通りです。北原さんが身体を悪くしてお酒を飲めなくなってしまったので、私は一人で浅草や根津あたりを散策して縄のれんをくぐっては一杯やっています。これがなんとも気分がいいんだなあ。

　この小説の時代を享和元年（一八〇一）にしたのは、『武江年表』に「二月十七日、一刀流剣術師中西忠太卒す」と記されていたことがきっかけになりました。『半七捕物帖』を書いた岡本綺堂氏は明治五年の生まれで、周囲には明治と年号が変わっただけで、江戸のたたずまいがそのまま残っていたはずです。氏の描かれた江戸市中の光景を手がかりに、さらに時代を五十年昔に飛ばして江戸の香りを作者自ら楽しみながら書きました。とても贅沢な時間を過ごしたように感じます。

　双葉社で文庫化してもらえるようになったのは、飲み屋で偶然担当者の草野頼子さんと鉢合わせをしたことから企画が持ち上がったのです。「若様」が復活できたのも、右京之介のようにふらふらと飲み歩いていたからです。あのとき、あの酒場に向わせたのも、平成十六年の時代に登場したいと希求する右京之介の祈りがそうさせたのかもしれません。そううそぶいては、天国の父に向かって乾杯をしています。すずしい風が吹き出す頃には、皆様の許へ、江戸に戻った右京之介の活躍をおめにかけることができるはずです。
ところで「あとがき」も仕上がったからには、今夜も「ヌキ」で一献傾けるとするか。な、平四郎殿。

高橋三千綱
平成十六年四月

※本書は一九九三年六月、講談社より刊行されました。
（原題『平成のさぶらい』）

峰隆一郎　**江戸仇討点鬼簿**　傑作仇討短編集

父を殺され、品川宿の飯盛女に身を落とした女の末路を描いた「十年目の剣鬼」など、仇討にまつわる悲哀と人間模様を綴った短編23作を収録。

峰隆一郎　**戦国忍者残酷帖**　特選連作時代短編集

足利義昭は織田信長追討の策を練るべく諸大名に密書を送るため、伊賀忍者を頼んだ。信長の忍者群との、生死を賭けた熾烈な闘いが始まった。

宮城賢秀　道中奉行裏探索方事件控　**凶悪狩り**　長編時代小説

品川宿の大半を焼失させた残忍な盗人一味を追って、東海道を上る道中奉行裏探索方七人の精鋭。一刀流の剛剣が乱麻を断つ！

宮城賢秀　内与力(ないよりき)捕物帳　**必殺剣**　長編時代小説〈書き下ろし〉

ペリー来航の前年（嘉永五年）、江戸市中を大混乱に陥れた盗賊の群れに真っ向から立ち向かう南町奉行内与力・池田隼人の剛剣が唸る！

宮城賢秀　城右近隠密帳　**刺客(せっかく)狩り**　長編時代小説

前薩摩藩主の命で長崎奉行を暗殺した城右近に襲いかかる老中首座松平信明の刺客。手練の示現流が並み居る敵を震撼させる。

宮城賢秀　用心棒稼業　**血の報償**　長編時代小説

御府内の裏商人同士の抗争で仲間を殺された素浪人片倉俊造は、その復讐を天に誓い、犯行の黒幕である元締めを炙り出してゆく。

吉田雄亮　仙石隼人探察行　**繚乱(りょうらん)断ち**　長編時代小説〈書き下ろし〉

役目の途上消息を絶った父・武兵衛に代わり、側目付・隼人が将軍吉宗からうけた命は尾張徳川家謀反の探索だった。

早坂倫太郎　橘乱九郎探索帖
髑髏夜叉（どくろやしゃ）
長編時代小説〈書き下ろし〉
髑髏の面をつけた人斬りは、播倉藩の上屋敷に逃げ込んだ。真心流の遣い手、乱九郎が、許せぬ悪を斬る！　好評シリーズ第二弾。

細谷正充・編　時代推理小説傑作選
大江戸犯科帖
時代推理小説集
江戸の町で繰り広げられる数々の事件と悲喜こもごもの人間模様。稀代の作家、松本清張・戸板康二・新田次郎など11人の傑作選。

細谷正充・編
時代劇原作選集
時代小説　アンソロジー
『椿三十郎』『座頭市』……日本映画史に燦然と輝く、あの時代劇を生み出した傑作小説10編を収録。原作と映画、両方の解説付き

峰隆一郎　蛇目孫四郎斬刃帖
正雪の黄金
長編時代小説
瀕死の浪人から預かった一枚の紙片には、意味不明の仮名文字が記されていた。孫四郎、由比正雪が遺したと言われる埋蔵金の謎に挑む!!

峰隆一郎　蛇目孫四郎斬刃帖
桃色寺
長編時代小説
空き地に転がる、ふぐりを潰され頭を砕かれた浪人と孕んだ商家の女の死体。二つの死体の影に、妖しい寺の所業が浮かび上がる。

峰隆一郎　蛇目孫四郎斬刃帖
修羅の悪女
長編時代小説
はからずも老中松平和泉守を斬って江戸を離れた孫四郎だったが、二年ぶりの江戸で、職人風の男の最期に立ち会ったため、再び事件に。

峰隆一郎　蛇目孫四郎斬刃帖
修羅の首
長編時代小説
中野石翁が将軍家斉側室に上げたお美代の方の依頼で、孫四郎は日光街道千住宿にたむろするやくざと闘うことに。一閃の太刀で首が飛ぶ。

勝目梓　**天保枕絵秘聞**　長編官能時代小説

天才枕絵師にして示現流の達人・淫楽斎が、モデルに使っていた女性を相次いで惨殺され、真相を追うことに。大江戸官能ハードボイルド。

加野厚志　姫巫女烏丸龍子（ひめみこからすまりゅうこ）**京都魔性剣**　長編時代小説〈書き下ろし〉

幕末の京都、烏丸神社の一人娘で鞍馬流剣術の達人烏丸龍子の元に、御所の妖怪・岩倉具視が、誘拐された荻姫の探索を求めてきた。

佐伯泰英　居眠り磐音（いわね）江戸双紙　**陽炎ノ辻**（かげろうのつじ）　長編時代小説〈書き下ろし〉

直心影流の達人坂崎磐音が巻き込まれた、幕府を揺るがす大事件！　颯爽と悪を斬る、著者渾身の痛快時代小説！　大好評シリーズ第一弾。

佐伯泰英　居眠り磐音（いわね）江戸双紙　**寒雷ノ坂**（かんらいのさか）　長編時代小説〈書き下ろし〉

内藤新宿に待ち受けていた予期せぬ大騒動。深川六間堀で浪々の日々を送る好漢・坂崎磐音が振るう直心影流の太刀捌き！シリーズ第二弾。

佐伯泰英　居眠り磐音（いわね）江戸双紙　**花芒ノ海**（はなすすきのうみ）　長編時代小説〈書き下ろし〉

安永二年、初夏。磐音にもたらされた国許、豊後関前藩にたちこめる、よからぬ風聞。亡き友の想いを胸に巨悪との対決の時が迫る。シリーズ第三弾。

佐伯泰英　居眠り磐音（いわね）江戸双紙　**雪華ノ里**（せっかのさと）　長編時代小説〈書き下ろし〉

許婚、奈緒を追って西海道を急ぐ直心影流の達人、坂崎磐音。その前に立ち塞がる異形の僧……。大好評痛快時代小説シリーズ第四弾。

佐伯泰英　居眠り磐音（いわね）江戸双紙　**龍天ノ門**（りゅうてんのもん）　長編時代小説〈書き下ろし〉

相も変らぬ浪人暮らしの磐音だが、正月早々、江戸を震撼させた大事件に巻き込まれる。大好評痛快時代小説シリーズ第五弾。

双葉文庫

た-24-02

右京之介助太刀始末
うきょうのすけすけだちしまつ

お江戸は爽快
えど　そうかい

2004年5月20日　第1刷発行
2004年6月20日　第2刷発行

【著者】
高橋三千綱
たかはしみちつな

【発行者】
諸角裕

【発行所】
株式会社双葉社
〒162-8540　東京都新宿区東五軒町3番28号
[電話]03-5261-4818(営業)　03-5261-4833(編集)
[振替]00180-6-117299
http://www.futabasha.co.jp/
(双葉社の書籍・コミックが買えます)

【印刷所】
慶昌堂印刷株式会社

【製本所】
株式会社ダイワビーツー

【表紙・扉絵】南伸坊
【フォーマット・デザイン】日下潤一
【フォーマット写植】飯塚隆士

ISBN4-575-66171-6 C0193